弁当屋さんのおもてなし

しあわせ宅配篇2

喜多みどり

角川文庫
22642

目次

人物紹介

●久《く》万《ま》雪《ゆき》緒《お》
会社を辞めてすぐに、『くま弁』で
配達のアルバイトを始める。

●大《おお》上《かみ》祐《ゆう》輔《すけ》（ユウ）
弁当屋『くま弁』の店長。
「魔法の弁当」の作り手。

●大《おお》上《かみ》千《ち》春《はる》
ユウの妻。朗らかで親しみやすい女性。

●黒《くろ》川《かわ》茜《あかね》
元ローカルアイドル。
雪緒に『くま弁』を薦める。

●久《く》万《ま》薫《かおる》
雪緒の七歳下の弟。

●木《き》村《むら》菊《きく》彦《ひこ》
『くま弁』の常連客。

●猪《い》笹《ざさ》美《み》月《つき》
雪緒の前職の後輩。
ハラスメントを受け、会社を辞めた。

イラスト／イナコ

•第一話•
花園の初夏ボルシチ弁当

はらはらと散る花弁を受け止めて、水溜《みずた》まりは淡紅色に染まっている。エゾヤマザクラの花弁の色はソメイヨシノより赤みが強い。ともに冬芽として越冬した葉が花よりさらに赤みがかった色で芽吹くのも、開花と同じ頃だ。青空との対比が好きで、雪緒《ゆきお》はついつい上ばかり見てしまうが、雨のあとの今日は、水溜まりを埋めんばかりの花弁の波に目を奪われた。

雪緒は仕事に行くためマンションを出たところだった。駐車場の片隅に生えるその木は、植えられたというよりは隣の公園の敷地からはみ出してきたという感じで、根を張っているだろう場所のアスファルトを大きく歪《ゆが》ませていた。

花弁は水溜まりだけではなく停めている車の上にも降り注ぎ、雨で濡《ぬ》れた車体にぺたりと張り付いている。祖父が遺《のこ》してくれた愛車は、生産から二十年近く経つ今も現役だ。

五月は北国の花の季節だ。桜と梅が終わっても、裏の家の庭では赤紫色のツツジが堂堂と咲き誇っているし、大通《おおどおり》公園ではライラックがそろそろ見頃だ。

世界がほんのり花の香りをまとっているようで、雪緒はなんとなく心が浮き立つのを感じていた。

雪緒が弁当屋「くま弁」で働き始めてもう半年が経つ。

当初は雇用保険の申請中でもあり、夕方から三時間、一週間で十八時間、宅配のアルバイトとして働き始めた。雇用保険の申請を取り下げた数ヶ月前からは、昼も夜もくま弁の弁当を積んだ車で走り回っている。昼は主にオフィスやイベント会場への配達、夜は宅配だ。

　昼の仕事と夜の仕事の間は数時間空いているので、帰宅して家事を片付けたり、プログラミングの勉強をしたりしている。前職に戻るかどうかはわからないが、何かしていないと落ち着かないのだ。

　今日も昼の分の仕事を終えて桜を眺めながら自宅マンションに帰ったところ、部屋のドアの前に蹲《うずくま》っている人影があって、雪緒はかなり手前でぴたりと足を止めた。

　それはラフな格好の若い男性で、背中を丸めてしゃがみ込んでいた。中途半端な長さの髪で隠れて顔は見えない。

　雪緒はすぐに気を取り直して歩き出し、部屋の前でもう一度立ち止まった。

　しゃがみ込んでいる男性が、おずおずと、親に叱られるのを予期した子どものように、顔を上げた。

　困り眉《まゆ》で、やや面長。中性的な顔立ちだが、背も伸びて二十歳を超えた今ではさすがに女性と間違われることはないだろう。

　彼は雪緒と目が合うなり、顔の前で勢いよく手を合わせた。

「ごめんっ、今日泊めてくれない？」

　雪緒はどんな表情をしたらよいのかと考えていたが、その態度を見て、つい肩の力が抜けた。彼を見つけた時に抱いた少しの緊張と不安は薄れて、雪緒は苦笑を浮かべた。

「久しぶりだね、薫《かおる》。元気にしてた？」

　雪緒は薫——七歳下の弟を脇にどかすと、鍵穴《かぎあな》に鍵を差し込んだ。


　薫は雪緒が何も言わないうちにあれこれと家事を手伝った。

　雪緒が布団を取り込めばそれを受け取って畳み、洗い籠《かご》に入れっぱなしにしていた食器を片付け、部屋のあちこちに積まれていた本を拾い集めて本棚に戻し、鉢植えの植物をチェックして花殻を摘んだ。

　それは泊めてもらう後ろめたさからくる行為なのはわかっていたので、雪緒はありがたく受け容《い》れ、薫のおかげで片付いた台所でコーヒーを淹《い》れた。

　コーヒーに誘われて寄ってきた薫に、雪緒は本題をどう切り出したものかと悩みながらも、とりあえず当面のことを尋ねた。

「何日かいるの？」

「いてもいい？」

「いいけど、私仕事あるからまた出るよ。帰りは遅いから一人で食べててね」

「わかった。買い物するから冷蔵庫と台所使ってもいい？」

「じゃんじゃん使って」

「おっけー、作り置き冷蔵庫入れとくから好きな時に食べてよ」

　雪緒は相手に意識させないくらいの軽さで、ちらっと薫の様子を観察した。

　薫はちゃぶ台に置いたコーヒーカップに手を伸ばし、熱いのか少しずつ飲んでいる。

　親との折り合いが悪い薫が実家を数日空けるのは、別に珍しいことではない。親の圧に耐えきれなくなった薫が逃げ出すこともあるし、親が薫を追い出すこともある。時間経過や距離を取ることで双方の感情が落ち着くこともあれば、問題が解決したり、誰かが何かを諦《あきら》めたり、どうにもならず雪緒が仲裁することもあった。

　そもそも雪緒自身も親とはうまくいっていないので、薫の気持ちはよくわかる。

　今回も、たぶんそういうことなのだろう。

　だが、普段ならそろそろ親と何があったのか、ぽつぽつと語り始めるところだ。そうして話すことで薫自身が状況を整理して、勝手に答えを出すことも多い。

　今日の薫は、そうではなかった。

「……おなか減ってない？」

　話を向けると、薫は目を上げた。

「ちょっと減ったけど、雪緒これから出るんだろ？　俺あとで何か食べるから」

「いや、私も今食べるから。さっき常連さんからおやつもらったんだよね」

「おやつ？」

「いも餅《もち》」

「懐かしい〜。常連さんっておばあちゃん？」

「薫と同年代の女性」

「えっ、渋いね……」

「焼き直そうかな」

雪緒は透明なプラスチックパックをくま弁のレジ袋から取り出した。移動時間と部屋に入ってからの片付けなどで少し冷めてしまったようだ。

いも餅は茹《ゆ》でて潰《つぶ》したじゃがいもと片栗粉を混ぜ、丸く平たい形に作って焼いたものだ。北海道の家庭料理で、甘辛いたれやバターなどを付けて食べる。これはチーズを入れて焼いているという話で、たれなどは付けていない。

「その人はお料理勉強中で、これは別の常連さんから教えてもらったんだって。で、美《お》味《い》しかったからって、お店でさっき作ってくれた」

「ふーん……お店の厨房《ちゅうぼう》で？」

「ちょうどお店休憩中だったから。休憩室のミニキッチンで作ってたよ」

状況が想像できないのか、説明を聞いても薫は訝《いぶか》しげな様子だった。くま弁は客との距離が近いことがあって、雪緒も最初は面食らっていた。説明が面倒くさそうだったのでこの話は脇に置いておくことにした。

話すうちにフライパンの上でいも餅は温まり、バターで焼いた表面がかりっとしてきた。雪緒はいそいそと皿を用意し、ちゃぶ台に運んだ。

「いただきます」

言うが早いか、薫がさっと箸《はし》を伸ばした。

「あつっ」

「気を付けなよ」

　言いながら、雪緒もいも餅を一つ箸で取って口に運び……やはりその熱さにあつっと同じように悲鳴を上げた。

　じゃがいもが驚くほど滑らかにすりつぶされ、もっちりとしていた。そこにバターのコクと香りが加わって、溶けたチーズがいもと絡まる。強めの塩気も美味しい。

「これうまいわ。チーズ入りって初めて食べたけど、なんか甘くないのもいいな」

「伝えておくよ」

「えっ、俺の感想を？　別に俺に作ってくれたわけじゃないだろ……」

「勿論《もちろん》私の感想とお礼も伝えるけど、弟も美味しかったって言ってましたって言われたら、そっかよかったなって思うでしょ」

「そうかなあ……？」

「そう思うよ」

　首を傾げながらも薫はいも餅にまた齧《かじ》りついている。その表情が先ほどより柔らかい気がして、雪緒は残るいも餅を皿ごと彼の方に押しやった。

「もっと食べなよ。育ち盛り」

「いや、育たないから、もう二十歳過ぎてんだから……」

「私、二十五まで身長伸びたから、きっとあんたも伸びるよ」

「そうなの……？」

　薫は半信半疑といった様子だ。

「まあ、それよりさ、何か食べたいものあれば作り置きしておくけど」

「え、いいの？　薫の料理美味しいよね。私のよりちゃんとしてる感じする」

「……そうかなあ？」

「そうだよ。野菜も丁寧に面取りするし、飾り包丁入れたりもするし。凝ったものも作るよね。前の……ほら、かすべの煮凝《にこご》り美味しかった」

「そんな手間じゃないって。大げさに言うなよ」

　かすべはエイのことだ。北海道など産地に近いところでは煮付けや唐揚げにして食べる。旬になるとスーパーにも売っていて、煮汁に多量のコラーゲンが溶け出すことから煮付けを冷やして煮凝りを作ることもできる。日が経つとアンモニア臭がきつくなると言われているが、新鮮なものを煮付けにすると身は淡泊で肉厚、ぷるぷるのゼラチン状になった煮凝りがその身に絡まって軟骨まで美味しく食べられる。生姜《しょうが》を効かせたあの味が恋しいと思うものの、一人で食べるのにかすべを一パック買うのもな……と思い、昨冬は食べることはなかった。

「そうだ、かすべが食べたいな。煮凝り作ってよ」

「それ、今じゃないだろ。冬になったらな」

かすべにも色々種類があるようだが、雪緒にとってはかすべというと冬の食べ物だ。

「冬、楽しみだね」

冬と言われて雪緒の頭には旬のものが次々に浮かんだ。ホタテ、真鱈《まだら》、タチとも呼ばれる鱈の白子、チカやワカサギ……料理で言えば湯豆腐や鍋焼《なべや》きうどん、おでんなども好きだし、シチューやスープの類《たぐ》いも他のシーズンより美味しく感じられる気がする。

「……雪緒はさー」

薫が不意にそう声をかけてきて、冬への思いにふけっていた雪緒は表情を引き締めた。

「うん？」

「次の冬も今の仕事してると思う？」

「え」

くま弁でのアルバイトは当初雇用保険を受給できるようになるまでの繋《つな》ぎの仕事だった。それを半年経った今も辞めずにいるのは雪緒なりに色々思うところがあったからなのだが、その辺りの心情を事細かに弟に説明したことはない。ただ、今も同じ弁当屋で働いているし、当分そうするという話はしたが。

「どうかな……」

雪緒は言葉を濁した。

「半年後も続けてるかどうかわかんないことしててさ、怖くない？」

かなり不躾《ぶしつけ》な質問だったが、何しろ彼とはもう二十年来の付き合いだ。単に喧嘩《けんか》を売りたくてこんなことを言ったわけではないだろうというのはわかった。

何か、自分の中に抱えきれなくなったものが、零《こぼ》れ出たのだろう。

「まあ、不安はあるよ。将来のこと考えるとね……でも、今はここで働くって決めたから」

「だから、怖くない？」

「怖くないというか、あんまり考えすぎないようにしてる。もう決めたんだから、考えたって仕方ないなって。今は目の前の仕事に集中してる」

「……意外だな」

そう呟《つぶや》く薫はどこか批判的に眉《まゆ》を顰《ひそ》めた。

「雪緒は、そういうことしないと思ってた」

「そういうこと？」

「そういう、刹那《せつな》的なこと」

「あー」

幼いころから真面目で堅実だった自身の性格を思い返し、雪緒は納得する。確かに、薫からすると珍しいことに見えたのだろう。

だが、雪緒自身としては、あくまで融通の利かない幼少期からの真面目な性格の延長線上に今の選択もある……ような気がしている。自分の気持ちと真正面から向き合った結果、こういう答えが出たのだ。

「心配してくれてるの？」

「まあ……」

頷《うなず》きかけたが、すぐに薫はぶんぶんと首を振った。

「いや、やっぱり今のなし」

「え、なんで？」

「俺は雪緒を心配してるんじゃないと思う」

「ええっ？」

なんだなんだ——雪緒は薫の考えがわからず呆然《ぼうぜん》としていたが、薫は一人で納得した様子だった。

「でもさ……」

「ほら、そろそろ仕事の時間だろ」

そう言われて慌てて棚の上の置き時計を見ると、もう家を出る時間だった。

「あっ、ああ、いや、でも……」

雪緒は立ち上がったが、それでもぐずぐずとその場に残った。なんとなく、この話を続けていれば本題に入れそうな気がしていたのだ——本題というのは、つまり雪緒の家に薫が転がり込んできた理由のことだ。

だが、薫はこの場ではこれ以上話すことはないとでも言いたげな態度で、雪緒を追い払うように手を振った。家主は雪緒なのに。

「遅刻させたくないから、もう行けって」

「う……わかった、じゃあ、帰ったらね」

結局、雪緒はばたばたと家を出て、また散りかけの桜を横目に駅へ急いだ。幸い、外気は日没を前に早くも冷え始め、厚手のパーカーの隙間から吹き込む風が心地よかった。

だが、帰宅時には薫はリビングに敷いた客用布団で寝ていて、翌朝雪緒が起きる頃にはバイトに行くと書き置きして出かけてしまっていた。

薫が来た時にはいつも合鍵《あいかぎ》を預けておくので、今回も彼は鍵を持っている。出入りに不自由はないが、生活時間の違いからすれ違ってしまっている。

まあ、帰って寝る場所はここなのだから話す時間くらいはあるだろう。そもそも話し合う前に、薫が実家に戻ると言い出すかもしれないとさえ雪緒は考えていた。

この時点では。

やっぱり、どうもおかしい。

結局、あれから本題を話せないままもう三日経ってしまった。勿論、その間も雪緒はタイミングを見計らって話しかけたり、わざわざ早起きして薫のバイト前に時間を作ろうとしたのだが、薫はすぐに話を逸《そ》らし、早出だからと家を出て行ってしまう。

雪緒も薫も親との関係はあまりよくない。それでもなんとか親と折り合いを付けて、お互いを支えに暮らしてきたが、七つ上の雪緒が先に家を出た。

　そのことを雪緒は負い目に感じている。

　自分はどうしたらいいのだろうか。待てばいいのか？　待って、何か解決するのか？　そもそも、自分はこれまで何をしてきたのだろう。色々あって親の期待から外れてドロップアウトした弟が親から追い詰められるたび、双方の愚痴を聞き、間に立ってきたつもりだったが、それが何になったというのだろう。

　ため息を飲み込んで、雪緒は冷蔵庫を開けた。

　薫が前日作り置きしてくれたアスパラの出汁《だし》浸しとこんにゃくのおかか煮、煮卵を取り出し、どんぶり代わりにしている巨大なカフェオレボウルにごはんとともに全部盛り、煮卵の汁をかけて即席丼にした。

　とにかく食べて、仕事に行って、それからまたタイミングを見計らって話をしよう。無理なら手紙でも書こうか。

　雪緒は煮卵を箸《はし》で割った。とろりと黄身がごはんの上に漏れ出す。醤油《しょうゆ》ベースのつけ汁と混じり合って、黄身はきらりと光り、急に雪緒は空腹を覚えてごはんと一緒に急いで食べた。旬のアスパラは歯ごたえも香りも良く、初夏を感じさせてくれる。こんにゃくの味の染みを良くするためにスプーンでちぎるのは祖母に教えてもらったやり方だ。両親が共働きなので、雪緒も薫も昔から料理当番をしていた。雪緒は一品にすべての野菜と肉を入れて煮込むような料理ばかり作っていたが、薫は小鉢を幾つも作る。手際がいいのか時間もそんなにかからない。洗い物が増えるけど、違う味を食べたいからと彼は言う。

でも全部混ぜても美味《おい》しいなと雪緒は思い、即席丼を掻《か》き込んだ。

食べ終わろうという頃、スマートフォンが着信を知らせる電子音を立てた。

どことなく心を騒がせる音色にドキッとしながらもなんとか口中のものを飲み込み、電話に出る。

『あ、雪緒？　今いいか？』

電話をかけてきたのは、叔父《おじ》だ。

薫のバイト先である園芸センターを経営している。幼少期から、薫は彼に懐いていた。

雪緒は電話の声から、眼鏡をかけ、日に焼けた叔父の顔を思い出す。

母の弟で、栗須《くりす》孝平《こうへい》と言う。

「はい、大丈夫です。ご無沙汰《ぶさた》してます」

『うん、久しぶり。薫と最近連絡取ってるか？』

「え？　三日前からうちに泊まってますよ」

『あー、そうか、それならいいんだ』

「もしかして、薫そっちに行ってないんですか？」

孝平は言葉を選ぶように沈黙した。

雪緒は気がつくと強くスマートフォンを握りしめていた。

『四日前のことなんだが、薫が仕事でミスをして……』

どういうミスだったのか、どんな仕事をしていた時だったのか孝平は言わなかったが、状況は雪緒にもすぐに察せられた。

薫は一年ほど前から叔父である孝平の園芸センターでバイトをするようになっていた。いくつかの挫折《ざせつ》を経て引きこもりがちになっていた甥《おい》を心配した孝平は、繁忙期だから手伝って欲しいと持ちかけて、バイトとして雇い始めたのだ。孝平が気を遣ってくれたおかげで最近は本人も自信がついたようなことを口にしていた。

だが、ミスのせいか、叱責のせいか、それともミスがもたらした結果のせいかはわからないが、薫は数日仕事を休ませて欲しいと連絡したきり、孝平や職場からの電話に出なくなった。

孝平は簡単に経緯を説明すると、柔らかいため息を吐いた。

『正直、生きてるならいいよ。薫は深刻に捉《とら》えがちだから、そこが心配だった』

「すみません……薫にも私から話して、絶対に連絡させます。叔父さんにはご迷惑を……」

『いや、雪緒が謝ることじゃないだろう』

孝平のはっきりとした言い方に、雪緒の心臓はどきんと跳ねた。

『雪緒は少し、薫の世話を焼きすぎじゃないか？　姉貴たちと薫との間に立とうとしているのはわかるが、薫だって子どもじゃないんだから、あんまり何もかも先回りしてやってやるのはよくないだろう。少なくとも、俺と薫の間に立って仲裁しようとする必要はない』

「……すみません……」

今まさに悩んでいたことでもあり、痛いところを突かれて雪緒は謝ることしかできなかった。

『俺から連絡があったことも言わなくていい。安否確認したかっただけだから。雪緒もあまり思い詰めるなよ。もどかしいかもしれないが、いちいち騒ぐと薫も辛《つら》いだろう。仕事の件は、薫と連絡がついたら本人と話すつもりだ』

断固とした口調からして、当然ながら薫を解雇するという選択肢も考慮しているのだろう。雪緒は電話を切って、胸中で何度も平常心、平常心と呟《つぶや》いた。そばにいる雪緒にぎゃあぎゃあ言われたら、確かに薫は辛いだろう。逃げ込んだ先が雪緒のこの部屋なのだ。薫自身が考えて行動すべきだというのもその通りだろう。雪緒が押しつけることではない。雪緒にできるのは薫を追い出すことくらいだし、今そうしたいとは思わない。そうすべきかどうかは……わからない。

平常心……と何度目かの呟きで、ふと雪緒は薫のいない今なら別に平常心でいる必要はないな、ということに気付いて、頭を抱えて肺の息を全部出すようなため息を吐いた。

豊水《ほうすい》すすきの駅から徒歩五分。

くま弁の外壁を這《は》う緑の蔦《つた》は、突然の雨にしっとりと濡《ぬ》れて、看板用の照明に照らされて光っていた。

裏手の駐車場に配達用のバンを入れる。サイドブレーキを引いてエンジンを切ると、雪緒はほっと安堵《あんど》の息を漏らした。もう二十二時五分。今日の仕事はこれでおしまいだ。

雪緒が働き始めて半年。くま弁が弁当の宅配を始めて半年。宅配に結構需要があることが判明し、十七時から二十時までだった配達可能時間は二十二時まで延びていた。

雪緒は肩の凝りを感じて運転席で首を回した。

雨で夜というのもあったが、それでも普段ならここまで疲労を感じることはない。つい色々考えて気が散りそうになり、集中しようと思うあまり、身体に変な力が入ってしまったのだろう。

「う……」

今こうしていてもすぐに薫のことを考えてしまうため、雪緒は急いで車を降りた。とにかく着替えてもう帰ろう。最近は店長であるユウや千春《ちはる》と一緒に早めの夕食を摂《と》るから、帰ったらシャワーを浴びて寝るだけだ。薫と顔を合わせたらどうしようと、昨日までとは正反対のことで悩みながら、雪緒は裏口からくま弁に戻った。

この時間はまだ客も来る。千春たちは店頭だろうなと思いながら、雪緒は念のため一声かけて休憩室の襖《ふすま》を開けた。

「ただいま戻りました」

「あ、雪緒さんだ」

休憩室にいた女性が、雪緒を見上げて微笑んだ。ちゃぶ台に肘《ひじ》をついて、テレビを見ていたようだ。肩ぐらいまでのミディアムヘアをピンクグレージュに染めているが、今はその髪は少し重く見える。濡れているようだ。

「若菜《わかな》さん」

土田《つちだ》若菜はこの店の常連で、いも餅《もち》を作ってくれたのも彼女だ。

「今仕事帰りなんだけど、雨に降られちゃって。タオル貸してもらったんだ」

ハンガーに吊《つる》して干してあるパーカーとデニムのスカートは彼女のものだろう。パーカーの肩の辺りが特にぐっしょり濡れている。

「大変でしたね。寒くないですか？　暖房……入ってますね。服は……」

「今着てるのは、千春さんの。お弁当できるまで髪乾かしててって言われて」

「じゃあ、何か温かい飲み物入れますね」

この季節の札幌《さっぽろ》は、時々驚くほど気温が下がる。朝晩に暖房を付けねばならないこともある。今日はまさにそんな日で、昨日までの暖かな日和が嘘のように日中もあまり気温が上がらず、そのまま夜になってさらに冷え込んでいた。

　ミニキッチンで温かいお茶を淹《い》れて戻ってくると、若菜は一口飲んでほうと息を吐き、湯飲みで指先を温めた。

「ありがとう」

「どういたしまして。何か必要なものあれば言ってくださいね。ドライヤーお出ししましょうか」

「結構乾いてきたからいいよ。雪緒さん、お仕事は？」

「もう終業なので……ああ、ちょうどいいからお送りしますよ。私、今日用事があるから車で来てて、駐車場使わせてもらってたんです」

「いいの？　アタシ遠慮しないよ」

「しないでいいですから」

「じゃあ、乗せて！　よかった、傘借りようと思ってたんだ」

「そうだ、この前のいも餅美味しかったです。ごちそうさまでした」

　若菜はうふふと笑った。

「だよね～、簡単で美味しいからスゴイよね、材料少ないし」

「チーズがいいですよね、じゃがいもとバターとチーズ。うちの弟にもあげたんですけど、同じ感想でした」

「弟君いるの？」

「はい。若菜さんと同年代だと思いますよ」

「雪緒さんの弟なら格好良さそう！」

明るい若菜の声に、思わず雪緒は笑い、肩の力が抜けていることに気付いた。

「一緒に暮らしてるの？」

「いえ、たまたま今うちに来てて……」

雪緒は話しながら、今もし自分が薫のことを相談したら、若菜はなんと答えるだろうかと想像した。若菜は薫と同年代で、もしかしたら雪緒より彼の気持ちが想像しやすい部分もあるかもしれない。

「あの、ちょっと弟の話をしても良いですか？」

若菜は小首を傾げつつも、勿論《もちろん》、と答えてくれた。

雪緒はそれに甘えて、薫がバイト先である叔父《おじ》の園芸センターでミスをして、雪緒のマンションに逃げてきたという経緯を説明した。

「叔父からも言われているし、弟をせっつくことはよそうと思うんですけど、じゃあどうしたらいいのかって思ってしまって。このまま、様子を見ているだけで、何かよくなるのかなと……」

「弟君は、雪緒さんちに逃げてきてるんだよね」

「そうですね」

「自分から言わない限りは雪緒さんからはあんまりうるさく訊《き》かれたり、文句言われたりしないし、ああしろこうしろってルールがあったりとかはないんだよね」

「そうですね」

「それ、すっごい居心地良くない？」

「…………そうですね」

　言われてみればその通りで、雪緒は自分の薫への甘さを痛感した。

「いや……家事とかは言わなくてもなんでもやってくれてるので、弟にしてみれば楽できるわけじゃないと思うんですけど……」

「でも、お父さんお母さんと仲良くなくて、実家の居心地悪いんだよね？」

「それ説明しましたっけ……？」

「雪緒さんが前に自分ちのことそう話してくれたよ〜。うちも似たようなもんだからわかるけど、家の居心地が最悪なのってしんどいし、そこから逃げて雪緒さんちみたいな、何も言われないとこ転がり込めるなら天国でしょ」

「天国……」

「逃げ込んだ先がそんなに居心地よかったら、アタシなら居着いちゃうな。これは絶対そう。前にね、アタシも彼氏の家飛び出して高校時代の先生の家にお世話になったことあるけど、先生めちゃくちゃ毎日のルールうるさくてさ、実家にいるよりうるさいの。だからとにかく早くここを出られるよう部屋を探そうってなってさ。そういうのないと、アタシだらけちゃうんだよね」

「薫は居着かないんですよね……」

「じゃあ、お姉さんへの気遣いとか、頼ってばっかりは嫌だとか、そういうのがあるのかな？　でも、毎回逃げ込んでガス抜きしてるんじゃ、なんていうのかな……同じところをぐるぐる回ってる感じがするかなあ」

同じところをぐるぐる——その言葉は、雪緒がもやもやと考えていたことにぴたりと一致して、腑《ふ》に落ちた。

「そう、そうなんですよね。毎回似たような感じで、もしかしたら円じゃなくて螺旋《らせん》で、よくなってるのかもしれないですけど、でも……結局、問題解決のために何がいいんだろう、何か他にできることはないのかなって思ってしまって」

「弟君もあんまり色々気持ちを話してくれるタイプじゃないのかな。どうせなら、違うことしたらいいんじゃない？　やりたいことを訊けば、何か教えてくれたりするかも。アプローチを変えた方がさ」

「あっ、あああ、そうです、それいいです。何をしたいのかって大事です。薫もそういう訊き方なら答えてくれるかも。ありがとうございます！」

「え〜、よかった。嬉《うれ》しいな」

若菜は照れくさそうに、誇らしげに微笑んだ。

「でも、弟君もラッキーだよね。雪緒さん、すっごい弟君のこと考えてあげてるもん。姉弟《きょうだい》ってさ、必ずしもそういうものでもないでしょ。アタシは一人っ子だけど、上にいじめられたとか、下がうざいとか、よく聞くもん」

「う～ん、うちは年の差がちょっとあったので、いじめるとかにはなりませんでしたね」

何しろ両親ともにきつい性格だったので、弟は自分が守ってやらないと、くらいのことは子ども心に思っていた気がする。

「そんなお姉ちゃん欲しかったなあ」

「いや……それほどでもないですよ。小さい頃は、弟の方がしっかりしてて……」

「そうなんだ？」

若菜は詳しい話を聞く態勢に入っているようだ。雪緒はこの年下の常連にいつの間にか随分色々と打ち明けていることに気付いて、急に申し訳なく感じた。

「あの……私の話ばっかりすみません」

「えっ、いいのに。もっと話してよ、嫌じゃないなら」

若菜はどうやら本心からそう言っているらしい。大きな目でぱちくりと瞬《まばた》きをする。

若菜と知り合ったのは最近のことだが、裏表のない彼女の性格を、雪緒は好ましく思っている。

「じゃあ、その……お言葉に甘えて打ち明けますが、私、高校時代に、学校行けなくなったことがあるんです。一週間くらいだったんですけど。親ともろくに顔を合わせられなくて、部屋に閉じこもってたら、弟が食事持ってきてくれて……いや、というか、当時私が食事の当番だったのにそれも放り出してたから、小学生の弟が作ってくれたんです。おじやとか、チャーハンとか……」

「えっ、すごい！」

「当時の私はシチューとかが得意料理だったんですけど、そういうのも、作り方見て覚えてたみたいで、作ってくれて」

「いい子だねえ。それで雪緒さんは今でも弟君に甘いんだなあ」

甘い、と言われてその通りだなと雪緒は思った。自分は結局、彼に何か返したくて、つい手を出したくなってしまうのだろう。子離れのできない親みたいだ。

「若菜さんに話を聞いてもらって、本当よかったです」

「そんなに？」

若菜はちょっと呆《あき》れ顔だ。雪緒さんは真面目だからな、アタシの意見も新鮮に感じられたんじゃないかな～なんて言って笑っていた。


雪緒が部屋から出られなくなったのは、十七歳の時だ。

親しかった父方の祖母が亡くなったのだ。

祖父母は雪緒によくしてくれて、一緒に暮らしてはいなかったが比較的近所に住んでいたこともあり、頻繁に行き来していた。

祖母の葬儀から数日後、雪緒は部屋から出られなくなった——というか、より正確には両親と食卓を囲むことができなくなった。

　穏やかに過ごせる食卓ならよかったのだろうが、両親との食卓はそういったものではなく、雪緒にとっては常に緊張感を伴うものだった。学校の成績、模試の結果、食事の味付け、具材の切り方、一つ一つチェックされて、毎日が面談のようだった。弟は守るべき存在だったため、味方と言える身内は祖父母だけだった。一緒の食卓についていなくても、心の支えになっていたのだろう。祖母の死は家族との晩餐《ばんさん》に立ち向かうための勇気とか気力とかいうものを雪緒から根こそぎ奪ってしまった。両親との食事が怖くて、雪緒は部屋を出られなくなった。当然学校にも行けなくなった。

　雪緒が小学校に入った頃の祖母は六十代、まだまだ元気で、映画に連れて行ってくれたこともある。将棋を教えてくれたのは祖父で、オセロを教えてくれたのは祖母だった。夏に祖父母宅に遊びに行って庭仕事を手伝っていたら、祖母がかき氷を用意してくれていて、夜は一緒に花火をした。

　雪緒が成長する十年で、祖母は膝《ひざ》や腰を痛めて杖《つえ》を使うようになり、身体が一回り小さくなって、必要な薬の量が増えた。相変わらず厳しくも優しい祖母ではあったが、物忘れは増えた。

　血糖値コントロールのために入院した時、別の病気が見つかった。

葬式での祖父は雪緒が見知っていた普段の剽軽《ひょうきん》で話し好きな姿とはまるで違っていた。忙しそうにはしていたが、どこかぼんやりとして、心ここにあらずといった様子だった。覚悟していたとはいえ喪失の衝撃に耐えきれず、呆然《ぼうぜん》としているようだった。

それを見るとただの孫に過ぎない自分が泣きじゃくるのもおかしい気がして、弔辞の間も出棺の時も涙は出なかった。

祖母との最後のオセロは病室でだった。窓が開いていて風でカーテンがそよいでいた。随分痩《や》せた顔の祖母は、少し動くだけでひどく疲れてしまう。また明日やろうと言っても祖母は頑として聞かず、気付くと眠り込んでいたので、そのまま布団をかけて部屋を出た。

翌日以降も祖母の体調を気遣ってオセロをしなかった。

結局しばらく経って祖母は昏睡《こんすい》状態に陥ってそのまま亡くなった。

葬儀の後、自宅に帰った雪緒は自分の部屋でドアにもたれて膝を抱えて座った。

ドット模様のカーテンをそよがせる風が、病室に吹き込んできた風を思い出させる。

顔を膝の上に伏せると、制服から線香と祖母の匂いがしたような気がした。

祖母が最後に残してくれたもののような気がして、その匂いを吸い込みながら、雪緒は祖母の死後初めてすすり泣いた。

帰宅した雪緒は、物思いにふけりながらも部屋の電気を点《つ》けた。

もぞ、とリビングに敷かれた布団が蠢《うごめ》く。

古めかしいホーロー製のペンダントライトのソケットにはリビング全体を照らすには心許《こころもと》ない電球がねじ込まれている。普段なら暗く感じるその明るさでも、話をしたいだけの状況には十分だ。

「薫、起きてる？」

相手が起きていることをほぼ確信しているのにこう声をかけるのも変な感じがしたが、薫は何か察したのか、寝息を立てるのを止《や》めて、もぞもぞと布団から顔を出した。

「起きてるよ」

眩《まぶ》しそうではあったが、寸前まで寝ていた人間にしては挙動も声もしっかりしていて、目はすっかり覚めているように見える。

「今話せる？」

薫は警戒するような目で雪緒を見つめ、渋々といった様子で身体を起こした。

「薫は、何かしたいことない？」

「え？」

「将来のことじゃなくて、今のこと。明日とか、明後日《あさって》とか。せっかく私の家に来てるからさ、何か実家で出来ないこととかやってみない？」

薫はますます警戒するような、訝《いぶか》るような目つきになった。

「それ訊《き》くためにこの時間に起こしたの？」

「そうだけど……」

この数日思っていたことだが、なんとなく薫の寝息は嘘くさかった。本当は自分が帰ってくる時間帯にはまだ起きていて、寝たふりをしていただけなのではないかと思っていた。

だがそこまではっきりと言えば相手を怒らせるか追い詰めるかしてしまうだろうということはわかっていたので、雪緒はそれ以上は何も言わなかった。

薫は雪緒を一睨《にら》みすると膝を抱えるようにして座り、少し考え込んでいた。

「……仕事が見たい」

え、と雪緒は聞き返した。

雪緒の仕事が見たい、と薫ははっきりともう一度言った。

大上《おおかみ》千春は、夫でくま弁の店長である大上祐輔《ゆうすけ》とともに弁当店を切り盛りし、千春が経理を、ユウが調理を主に受け持っている。

薫の見学を許して欲しいという雪緒の頼みを、千春とユウは二つ返事で受け入れてくれた。

「今回は無理を聞いてくださってありがとうございます」

二人への紹介が終わると、薫はそう言って頭を下げた。

「いえいえ。見学ならいつでもいいですよ」

「お弁当も用意しておきますから」

千春もユウもそう言ってくれる。夫婦揃って気さくで親しみやすく、客からも愛されている。雪緒も、穏やかに敬意を払い合っているような彼らのことが好きだった。

今日のまかないは断って、二人分の弁当を注文した。代金を払おうとすると、従業員割引だからと随分安くしてもらって、恐縮したくらいだ。

「じゃあ、いってきます」

最初の配達のための弁当を保温バッグに入れて車に戻ると、雪緒は運転席に、薫は助手席に乗り込んだ。

シートベルトを締める薫を雪緒はちらりと見やる。

雪緒の仕事を見学したいと言われた時は驚いたが、おそらく薫なりに、仕事への向き合い方のヒントを雪緒の仕事ぶりを通して学びたい……というようなことなのだろう。見学したいなんて言われて照れくさい気持ちもあったが、少しでも薫の役に立てばと思い、雪緒はこうして薫を連れて配達に行くことにした。

まずはいつも通り、届け先住所をナビに入力し、出発する。

だが、アクセルを踏んでいるのにやたらと動きが鈍重で、故障かと思って慌て――慌てたところで、薫が助手席から教えてくれた。

「雪緒、サイドブレーキ引いたままだよ」

「…………あ」

羞恥《しゅうち》で雪緒の頬はさっと染まったが、薫は視線を逸らして見ていない振りをした。

雪緒はサイドブレーキを戻し、もう一度アクセルを踏んだ。車は普通に動き出す。

薫は何も言わなかったが、雪緒はしばらく経ってから、咳払《せきばら》いして言った。

「あの……いつもはしないからね、あんな失敗」

「わかってるよ」

薫は真面目な顔でそう言ったあと、おかしそうに笑い出した。

「ごめん、笑って……なんか、雪緒もあんなミスするんだなと思うと」

「……いいよ、まあ、せめて笑ってよ……」

しかし、こんな失敗をするなんて、やはり弟に見られているせいで、緊張しているのだろうか。

羞恥心で飛び出したいような気持ちを抱えたまま、雪緒は運転を続けた。

だが、その失敗は始まりに過ぎなかった。

こんなに続くのかというくらい、雪緒はささやかな失敗を積み重ねた。

ナビの指示があるのに曲がり角は間違うし、シートベルトをしていることを忘れて勢いよく動いてベルトをロックさせるし、訪問先を間違えて隣家の呼び鈴を鳴らしかけもした。

普段はもっとちゃんとしてるんだと言いたかったが、小さな失敗もこれだけ重ねていると白々しく、雪緒は後半はほとんど喋《しゃべ》らず黙々と配達をこなしていった。薫も最初は何かコメントしたり、笑ったり、励ましたりしていたものの、だんだん気まずそうに黙り込み、雪緒の邪魔をしないよう、そっとしておいている様子だった。

こんなことでは、薫もがっかりしていることだろう。仕事への取り組み方のヒントどころか、反面教師にした方がいいのではないだろうか。

配達時間も終わりにさしかかった頃、くま弁に入った一本の電話を、雪緒が受けた。たまたま戻ってきた時電話が鳴っていて、休憩室にいた雪緒が取ったのだ。

「はい、くま弁です」

『あ、雪緒か？』

想像していたような見知らぬ客の声ではなく、雪緒は少し脱力した。

「叔父《おじ》さん？」

それは、叔父の孝平からの電話だった。

雪緒がここで働いているということは知らせてあるため、くま弁の公式サイトのメニューを見ながら電話をかけてきたらしい。くま弁の公式サイトでは本日のメニューが毎日きちんと写真付きで更新されているため、予約や配達の電話はこれを見ながらかけてくる客が多い。

『カレーコロッケ弁当一つと豚汁頼めるか？』

幸い、今日の日替わり弁当だったカレーコロッケ弁当はまだ残っていた。注文を承った雪緒はユウに声をかけてカレーコロッケを揚げてもらい、その間にお品書きに取りかかる。といっても、最近は開店前に今日の弁当分のお品書きを予約分より少し多めに書き溜《た》めてあるので、それに付け加える形だ。一言添えると喜んでもらえることが多いから、雪緒はできるだけ注文してくれた人のことを考えながら書き添えている。

書き終えた頃、ユウが休憩室を覗《のぞ》き込んできて、雪緒に声をかけた。

「雪緒さん、もうお仕事終わりだと思っていたので、雪緒さんと弟さんのお弁当用意してしまったんですが、どうしますか？　お身内の方ということですから、持って行って一緒に食べてからお店に戻りますか？」

「いいんですか？　じゃあ、そうさせてください。すみません、色々と……叔父の家も、配達範囲外なのに」

「今回はもう最後の配達なので、雪緒さんがそれでいいのなら問題ないですよ」

店のトイレを使っていた薫は、トイレから出てきたところで弁当を持って車に向かう雪緒と鉢合わせた。

「配達行くよ。次が最後」

薫が雪緒の後について車に乗り込み、シートベルトをしたところで、雪緒はナビに叔父の園芸センターの名前を入力した。

「え？」

気付いた薫がそんな声を上げた。

「ん？　あ——」

薫の変化で雪緒も思い出したが、そもそも薫は叔父の園芸センターの仕事を放り出しているのだ。

「叔父さんから、さっき電話あったの」

「それって……示し合わせたの？」

「は？」

と聞き返してから気付いたが、たぶんあまりにもできすぎたタイミングで叔父が弁当の配達を依頼してきたから、警戒しているのだろう。おそらく、叔父は雪緒と話したことで雪緒の働く弁当屋のことを思い出し、このタイミングで配達の依頼をしてきただけなのだと思うが、薫からするとどうして自分が見学している時に……と雪緒を疑うような気持ちが芽生えてしまったのだろう。

雪緒の反応から別に示し合わせたというわけではないと察したのだろう、薫はなんでもないと言ってそれきり口を噤《つぐ》んだ。

彼が次に口を開いたのは、車が叔父の園芸センターに着いてからだった。

雪緒がブレーキをかけてエンジンを切ると、薫は強いて明るい声で言った。

「俺、ここで待っててもいい？　ちょっと疲れたみたいで」

「あー……うん、わかった」

雪緒は薫を置いて車を出た。

雪緒としてはみんなで一緒に弁当を食べて帰るつもりだったが、こんな状況で弁当を一緒に食べられるほど、薫も神経が太くはないだろう。

叔父の園芸センターは札幌の中心部からほど近い藻岩山《もいわやま》の山麓《さんろく》に位置する。

ここでは主に野菜や花の苗を温室で生産し、その他の園芸商品とともに直売もしている。車でしか来られないような場所にあるので広い駐車場を備えていたが、その駐車場も夜の遅い時間である今は端に軽トラックが停められているだけだった。

周囲は閑静な住宅街で、坂と緑が多い。山の方に来たからか、少し肌寒く感じた。

温室にはポップな書体で『栗須園芸』という文字が書かれた看板が掲げられている。

雪緒は叔父に指定された事務棟へ向かった。

プレハブ小屋の事務棟からは灯《あか》りが漏れており、一声かけて中に入ると、叔父の孝平はまだデスクに座ってパソコンに向かっていた。

「お仕事お疲れ様です」

「おう、ありがとう。今日は冷えるなあ」

事務棟は暖房が入っていた。雪緒はその空気の温《ぬく》もりに少しほっとして、孝平に弁当を渡した。

「カレーコロッケ弁当と豚汁です」

弁当を受け取り会計を済ませると、孝平はデスクのパソコンを脇にどかして、そこに弁当を置いた。雪緒は、あの、と声をかけて、頭を下げた。

「薫のこと、ありがとうございます。すみません」

「だからどうして雪緒が謝るんだ。雪緒は謝ることはない」

孝平は弁当を袋から取り出しながら、少し呆《あき》れた様子で言った。

「いえ、これは弟が迷惑をかけたお詫《わ》びではなく……あの、私が、叔父さんから言われて色々考えることができたので、そのお礼です」

「なら謝らなくていいし、そもそもお礼を言われるようなことは言ってない」

「…………」

怒ったような態度にも見えたが、孝平はたぶん照れているのだろう。

それに、薫のことを気にしているのではないだろうか。

「あの、私これが最後の配達なので、時間はあるんです」

雪緒からそう言うと、孝平は図星を指されたような、少しばつの悪そうな顔をして、雪緒にパイプ椅子を勧めた。

「……それなら座りなさい、お茶くらい出すから」

雪緒は自分で茶を淹《い》れてから、言われた通りパイプ椅子に腰を下ろした。

「で、最近どうしてる」

「薫はとりあえず元気そうですけど、もしかしたら夜あまり寝られていないのかもしれません。私が帰るとだいたい狸寝入りしていて、私が起きる頃にはもう家を出ているので……叔父さんのところには来てないんですよね？」

「来てない。どこで毎日時間潰《つぶ》してるんだか……」

「あと、実は今ここに薫も来てるんです。私の仕事見学したいって言って」

「は？」

「車にいると思うんですけど」

孝平が落ち着かない様子で身じろぎし、パイプ椅子がみしりと音を立てた。

「どうして見学なんて言い出したんだ」

「薫には訊《き》いてませんけど、自分の仕事のヒントにしたいんじゃないかと思います。でも、私今日失敗ばっかりで」

雪緒は熱い茶を啜《すす》り、息を吐いた。

「私嬉《うれ》しかったんです。薫が、自分なりに考えて、仕事に向き直ろうとしてるんだって……。だから、弟にロールモデルみたいなものを提供できたらと思ってたんですけど、全然ダメで」

「まあ、余計なこと考えたら、普段通りのこともできなくなるもんだよ」

孝平は苦笑してそう言い、同じように茶を啜った。湯飲みを置いた時にふとデスク上の紙に目を留め、拾い上げる。

それは、二つ折りにされた和紙だった。

弁当に添えられていたお品書きが、弁当を取り出した時にデスク上に落ちたのだ。それを何気ない様子で開いた孝平は、興味深そうに、ほう、とも、ふうん、ともつかない声を発した。

その時、突然大きな音が聞こえて、雪緒はハッとして振り返った。

きちんと閉じていなかったドアが風に吹かれて大きく開き、何かに当たって音を立てたのだ。でも何に当たったのだろう、と雪緒が不思議に思いながらもドアを閉めようと立ち上がった時、ドアの陰で弟が尻餅《しりもち》をついているのが見えた。

「薫？」

「あっ」

どうやら、急に開いたドアは彼にぶつかったらしい。

ということは思い直してここに来たのか、と雪緒は考えるが、薫は急いで立ち上がったきり、その場にぐずぐずと立ち尽くして、部屋に入ろうとしない。

「大丈夫？　どうかした？」

「いやっ、その……あの……」

薫の態度を見て、雪緒も彼が入るつもりがなかったらしいことを察した。

たぶん彼は、雪緒と孝平の話を聞いていたのだ——開きかけたドアの陰で。

孝平が咳払《せきばら》いをして言った。

「薫。まず、部屋に入ったらどうだ？　そう風が入ると寒い」

「あっ、はい。すみません」

薫は緊張した様子でそう返事をして、言われた通りにドアをきちんと閉めた。

雪緒はその様子を見守るのが耐えられず、思わず声をかけそうになる。

だが、小さかった弟ももう大人なんだということを思い出し、口を噤んで、ただ薫からの言葉を待った。

薫はなおもしばらくは口を開きかけたり、俯《うつむ》いたり、両手を握ったりした末、姿勢を正すと、孝平に向かって頭を下げた。

「社長、俺のミスでお客様にご迷惑おかけして、その後も出社しないで、四日も電話に出なくて、申し訳ありませんでした」

「本当にな」

孝平は椅子に座ったまま、ぶっきらぼうにそう言った。

それから、薫は雪緒をちらっと見やった。怒っているような、泣く寸前のような顔にも見えた。

「雪緒、姉ちゃん、ごめん……」

「えっ、私？」

謝る相手が違うのではないかと思ったが、薫ははっきりと雪緒に頭を下げた。

「姉ちゃんはさ、俺が仕事に向き直ろうとしてるって言ってたじゃないか。でも、俺、そんな立派なこと考えてなくて……。姉ちゃんが気にしてるのはわかってて、でもそれをプレッシャーみたいに感じて……じゃあ、姉ちゃんはどうなんだよって思ったんだ。姉ちゃんの仕事ぶり見てやろうみたいな、よくわかんねえ上から目線でさ……」

　薫は頭をばりばりと掻《か》いた。目線を落とし、恥じ入っている様子に見えた。

「だから、姉ちゃんが今日色々失敗してるの見てさ、俺……なんか、ちょっとほっとしたんだ」

「えっ、ああ……」

　何を言われたのか最初はよくわからなかったが、少し時間をかけて雪緒は薫の言葉を理解した。そう、彼はヒントや気づきを得たかったわけではない。気まぐれに雪緒の仕事を見学した結果、誰しもが完璧《かんぺき》ではないというのを知って、安堵《あんど》したのだ。

「そっか……いや、そっか、ならよかった」

「よかった？」

　思わず漏らしてしまった雪緒の呟《つぶや》きを、孝平も薫も聞いていた。

「どういうこと、姉ちゃん」

「その……つまり、私が失敗を繰り返して、薫は慰められたんでしょう？　なら、私の失敗も無駄じゃないし、よかったなって……」

「雪緒……」

　呆れたような声を出したのは、孝平だ。

「おまえ、それは甘過ぎだろ……」

「姉ちゃん……」

薫の方は、ひどく情けないような顔で雪緒を見つめていたが、急にその目から涙が溢《あふ》れた。

「ど……どうしたの、薫？」

「ごめん、姉ちゃん……ごめん……」

薫は背中を丸めて涙を拭《ぬぐ》う。何がそんなに悲しいのか雪緒にはわからなかった。

「俺、自分が情けない」

泣きながらも、彼はそう言った。

「いつも、姉ちゃんの優しさに甘えてばかりで……情けないよ」

「そう思うなら、大事にしてやれ！」

立ち上がり、仁王立ちになった孝平は怒ったような口調でそう言う。雪緒はよくわからないが庇《かば》われたらしいことはわかった。

だが、あまりに雰囲気が微妙だったので、それを変えたくて孝平に提案した。

「あの、私たちの分もお弁当あるので、叔父《おじ》さんも一緒に食べませんか？」

えっ、と薫が裏返った声を発したが、孝平は落ち着いていた。

「……そうだな。取りに行っておいで」

「はい！　ちょっと失礼しますね」

雪緒はまだ鼻をぐすぐす言わせている薫を孝平と一緒に後に残し、駐車場へ戻った。

孝平は別のデスクの前にあったパイプ椅子を引っ張ってきて、自分のデスクの前に置いた。少し乱暴な、がたがたという音が響く。

薫は身を固くして、俯いたまま、その音を聞いていた。

「座れ」

「いえ……」

「座りなさい」

薫がおずおずと顔を上げて近づくと、孝平は自分の椅子に座って、彼にその向かいの椅子を目線で示した。

「……あのな」

叔父は軽い咳払いの後、そう言って切り出した。

「園芸相談で持って行った鉢をダメにされるなんて、あんまりだろう」

「…………はい」

五日前、薫は大量の資材を運ぼうとしていたが、通路が狭く台車が通れなかったため、資材を手で抱えて行こうとした。そのせいで足元が見えず、客の持ち込んだ鉢に蹴躓《けつまず》いた上、資材を落として枝を折ってしまったのだ。

「客が減るとか、評判に関わるとか、弁償したとか、そういう話だけじゃないんだ。こちらを信頼して持ってきてくれたのに、大事な鉢をダメにされたんだ。どれだけお客さんを悲しませたか、傷つけたか、よく考えて欲しい。あの時もそういう話をしたな」

台車が通れなかったのは仮置きした肥料の袋のせいだ。それをどかして資材を台車で運べば問題は起きなかった。

「それでだな……」

孝平は言葉を探しつつ、ふとデスクの上に目をやった。

そこに、二つ折りの和紙があった。

孝平は、それを拾い上げると、薫に渡した。

「これは……？」

見てみろ、という孝平の無言の指示に従って、薫は紙を開いた。

そこには、見慣れた雪緒の筆跡で、お品書きが記されていた。

雪緒らしい、几帳面《きちようめん》でバランスの取れた字で、まずカレーコロッケ弁当、それから豚汁についての内容説明があり、空いたスペースに叔父個人へのメッセージが書き添えてある。

「お仕事お疲れ様です。バラの美しい季節ですね。初夏らしい枝豆と空豆をたっぷり使ったコロッケでおなかを満たしてください。私は叔父様が丹精込めて育てるお花にいつも心満たされています。感謝を込めて……」

お品書きとは書かれているものの、今薫が読み上げたこれは明確に叔父個人宛ての言葉だ。身内だからこうして書き添えているのか、それともまさか、お品書きすべてにそれぞれ違う言葉を書いているのか？

……書いていそうだ。雪緒はそういう人間だ。

弁当の宅配のバイトを始めたと聞いて、薫は次の仕事が見つかるまでの繋《つな》ぎなのだろうなと思っていたし、たぶん実際、初めはそうだったのだろうと思う。

だが、繋ぎだろうが、そうでなかろうが、雪緒は全力でこの仕事に打ち込んでいる。

半年後も続けているかわからないのに。刹那《せつな》的な生き方にも見えたのに、彼女はこれ以上ないくらい、真剣だった。

「すごいな」

孝平は感心したようにそう呟いた。

「自分がやっている仕事が何に繋がるのか、何ができるのか、きっと雪緒は向き合って考えてやっているんだろうな」

自分と比較しているように感じられて、薫はますます惨めになり、そしてつい批判的な言葉を口走った。

「すごいですけど、ここまでしなくたって」

「うん？」

「だって、無駄ですよ。もらったって見ないかもしれないし、見てもすぐに捨てられるようなものです。そんなことに手間をかけるなんて、無駄だと思い……ます……」

薫の声は尻《しり》すぼみになった。姉を批判するのが恥ずかしくなったのだ。惨めな気分に背中を押されて口にしたものの、すぐに後悔がやってきた。

「だ……だから、こんなこと……頑張って、無理して、前の仕事みたいに傷つくのは……」

本心でないなら撤回すればいいのに、薫はまたそんなことを言ってしまった。姉を心配するあまり出た言葉だとでも言い訳するようなその物言いに、自分で自分が情けなくて仕方ない。本当は、心配なんかしていないのに。

親から言われた言葉を思い出してしまう。出来の良かった姉と、ドロップアウトした自分を比べる言葉。

それを思い出すと、つい姉のやることを腐してしまう。

心配してくれているの、と姉にも言われたが、自分は姉を心配しているんじゃない――姉に嫉妬《しっと》しているのだと思う。

「そうは言うが、今は雪緒も元気そうじゃないか。それにな、無駄じゃないぞ」

「なんでそんな断言できるんですか」

薫は自分でも思っていなかったようなきつい口調で言い返した。

両親だけではなく叔父も姉ばかりを贔屓《ひいき》するのかと思うと、悔しくて、姉への愛情とは別に不満が募ってしまう。同時にその嫉妬が恥ずかしくて、もう消えてしまいたくなる。

何かに気付いたように、孝平は薫の顔を覗《のぞ》き込んだ。

「なんだ、もしかして覚えてないのか？」

「……え？」

薫が聞き返した時、また事務棟のドアが開いて、雪緒が戻ってきた。

「車の鍵《かぎ》落としたかと思ったら、いつもと違うポケットに入れていて――時間かかってしまいました」

失敗を恥ずかしそうに語る雪緒は、手に持つ袋から、発泡スチロールの容器を一つ薫に手渡した。

「はい、これ薫の分」

丼のような形状の容器だ。叔父のカレーコロッケ弁当の容器とは明らかに違う。こちらの中身は汁物だろう。たぷんと手の中で液体が揺れる感触があった。

蓋《ふた》の上には、やはり二つ折りにされた和紙が添えられている。

受け取った薫が弁当とお品書きをじっと見つめているだけであることに気付いて、雪緒は小首を傾げた。

「どうしたの？　食べよう？」

雪緒は椅子に座って、早速同じ容器を開けて嬉《うれ》しそうな顔をしている。

薫は雪緒が持ち込んだ容器の中身に気付いて、いっそう訝《いぶか》しく思った。

自分の分の蓋も開けようとして、飛び出す汁で火傷《やけど》しそうになる。蓋ぎりぎりまでなみなみと汁物が注がれていた。

　中身は細めのざく切りにしたキャベツ、細切りのにんじん、じゃがいも、大きめの牛肉。それに……透き通るような赤い根菜。

　ビーツだ。

　綺麗《きれい》な赤い色はスープ全体を染め上げて、じゃがいももピンクに色づいている。ニンニクの香りも効いており、散らされたディルが色味と爽《さわ》やかな香りを添える。

　それは、ボルシチだった。

「サワークリーム、載せちゃうね」

　雪緒は透明な蓋《ふた》付きカップに入ったサワークリームをスープの上にぽってりと盛った。

　それからくま弁の袋から紙袋を取り出して、プラスチックスプーンと一緒に置いた。

「はい、こっちがパン」

「これ……なんでボルシチ？」

「なんでって、ああ、今はね、ビーツの旬なんだよ。ビーツは今の季節と秋、二回収穫できるんだって。保存が利くから結構長期間食べられるけど。だから、思い出の料理は色々あったけど、ボルシチにしたんだ」

「思い出の料理……」

　薫が不思議そうに呟《つぶや》くのを聞いて、孝平は呆《あき》れ顔で言った。

「雪緒、こいつもう忘れてるぞ」

「えっ、そうなんだ……ほら、前に私が部屋から出られなくなったの覚えてる？　薫が十歳だった」

「あ、ああ、うん」

「あの時、薫が料理してくれたでしょ。私の得意料理だったボルシチも作ってくれてさ。上手だったよね！」

それは薫も思い出せた。色々作ったが、中でもボルシチは切るものも多く大変だった。台所をぐちゃぐちゃにしてしまい、休日出勤から帰った親に呆れられたのを覚えている。

「そっか……思い出の料理か……」

そう思ってくれるくらいには、雪緒は自分がボルシチを作ったことを特別に感じていたのだろう。嬉しいが、そこまでのことかなと薫は思った。

スプーンを取ろうとした時、和紙のお品書きのことを思い出した。蓋を開ける時にデスクの上に除《よ》けたのだった。何の気なしに、薫はその和紙をまず手に取って、開いた。

お品書きには、ボルシチの材料や、産地が書かれていた。ビーツは札幌の隣の江別《えべつ》市産のものだ。そういえば昔家で作った時は、近所の農家がホテルに卸すとかで生産していたビーツを直売所で買ったのだった。最近はレッドビートとも呼ぶということや、冷涼な気候の方が育てやすいこと等も書かれていて、初めて触れる情報を新鮮に感じる。

そして、やはり薫のお品書きにも、メッセージが添えてあった。

「えっ、長い……」

手紙かよ、という分量だ。

「愛情の格差を感じるな……」

横から覗き込んだ孝平が自分への分量と比べてそう呟いている。

雪緒は少し気まずそうだ。

「いや……文章がまとまらなくて……」

薫は何が書かれているのかと緊張しながら文字を目で追い――最後まで読んでから、もう一度最初に戻って、一文節ずつ、ゆっくりと読んだ。

そこには、十年前の一週間のことが書かれていた。

三度目に読み返す時には、薫は文字を目に焼き付けるように読んだ。

『あなたが書いてくれたお手紙のことをよく覚えています』

几帳面《きちょうめん》な、バランスの良い字。

『その日あった出来事をたくさん書いてくれましたね。亡くなったおばあちゃんの思い出、飼っているクワガタのこと、一人で観たテレビのこと。毎日どんな思いで書いていたのか、私は自分の中に閉じこもって最初の何日かはあなたの気持ちを考えもしなかったけど、ある日やっと気付きました。あなたは書かなかったけど、私にそばにいて欲しかったんですね。そばにいれば一緒におばあちゃんのことも話せたし、クワガタが羽化するところも見られたし、一緒にテレビを観て笑えた。私におばあちゃんが必要だったように、あなたにも私が必要だったんだと気付いた時、私はやっと外に出ようと思えました』

　和紙の繊細な感触が指先に伝わる。

『あなたのごはんが私に力を与えてくれて、あなたの手紙が私に勇気を与えてくれました』

　和紙に落ちた雫《しずく》がじわりと広がった。薫は慌てて涙を拭《ぬぐ》った。

『ありがとう、薫』

　自分は何の役にも立たないと思っていた。

　薫は暴力沙汰《ざた》のために高校を自主退学した。

ともに教育熱心だった両親は絶望した。

　その後薫は通信制で学んで単位と高卒資格を得て、大学受験も経験したが、結局合格した大学の入学手続きをしてもらえずに浪人した。当初の目標よりランクが低く、親が散々に言って入学を取りやめたのだ。

　その頃から彼は自室から出たがらなくなった。親と顔を合わせるのが苦痛で、耐えられなくなって、当然ながら予備校にも通えなくなった。

　それでも、すでに独立していた姉が彼を自宅に誘ってくれる時だけは、なんとか家を抜け出せた。親と顔を合わせるのが他人と顔を合わせるより遥かに辛《つら》かったので、親が家にいない日中は比較的楽に行動できた。

そして、叔父《おじ》がバイトに誘ってくれた。

なんとかバイトを続けることはできていたが、親の望んだ自分ではないのだという思いは根強く彼の中に残っていた。

たぶん、今回は、それが自分の失敗でまた顔を出したのだ。

結局自分は何もできない、何も生み出せない、役に立たない人間になってしまったのだという思いがあまりに強く出てきてしまって、逃げ出す以外できなくなった。

一つの失敗で自分を全否定するのは認知が歪《ゆが》んでるんだよ、と前に雪緒から言われたものだが、わかっていても強迫観念のように自分の無力さを数えてしまう。

だが、そうじゃないと思ってもいいのだと、雪緒の言葉は教えてくれる。

自分にもできることがあるのだと思えると、逃げ出したいという焦燥感はずっと引いていった。

「すごいよな」

薫宛てのお品書きを見せてもらった孝平は、またそう言った。先ほど雪緒のお品書きを見て言った言葉を、もう一度。

「雪緒は、よく言ってたよ。薫はすごいって。薫の手紙が私を引っ張り出してくれたって。俺は雪緒のお品書きを見て、薫の手紙の話を思い出したよ。なあ、薫」

孝平の声は厳しくも穏やかだ。涙をもう一度拭って、薫は顔を上げた。

「俺は、おまえの書いた手紙が雪緒の心に届いて、今の雪緒に繋《つな》がったんだと思っている。だから無駄なんかじゃないと言いたかったんだ」

　孝平は照れるそぶりも見せずにこういうことを言う。いつもなら、そんなことを恥ずかしげもなく言うなんて、と薫の方が恥ずかしくなってしまうのだが、今日は薫もそんなふうには思わなかった。実際、雪緒は十年前のことを今もこうして覚えてくれていた。腐す方が簡単で、恥ずかしいことのように思えた。

「うちの仕事の話をするとな、薫が枝を折ったあの鉢はお客様の鉢で、だからお客様を傷つけてしまったが、うちの花はどれもすべてお客様にいつか届けるために育てているんだ。どれも大事にして欲しいし、おまえ自身のためにも危ないことはしないで欲しい。俺も、もっと言葉にして言うべきだった。おまえの仕事も他の誰かと繋がっているんだって。これは、全部地続きの話なんだ。わかるか？」

　薫の手紙は雪緒に届いた。雪緒のお品書きも薫に届いた。

　花も人に届く。

　孝平を正面から見て、薫は言った。

「お客様にもう一度謝らせてください」

「……うん、よし、連絡してみよう」

　枝を折った日にも勿論《もちろん》謝った。菓子折を持って謝罪に行って弁償もした。

　それでも、嘆く客の顔を、薫は見ることができず、ずっと孝平の後ろで俯《うつむ》いていた。

　自分がやったのだと、今度はちゃんと謝りたい。

許してもらえないとしても、自己満足以上の何かのために、薫は誠心誠意、謝らねばならないと思った。

「あ、あの」

雪緒が、そっと声をかけた。

「お弁当、冷める前に食べませんか？」

薫と孝平は顔を見合わせた。その通りだった。

いただきます、とまだ少し涙声で言って、薫はスプーンを手に取って、ボルシチにスプーンをそっと差し入れた。にんじん、キャベツ、じゃがいも、トマト、たまねぎといった野菜は時間をかけて煮込まれて、大きめの牛肉はスプーンでほろりと崩れる。上に散らされたディルがニンニクとともに香って食欲をそそる。一口スープを口に含むと、ビーツ独特の土っぽいような風味が野菜の甘みの中に溶け込んでいた。柔らかな風味にまた涙が零《こぼ》れた。大丈夫、大丈夫と薫は自分に囁《ささや》きかけた。きっと大丈夫。将来への不安を透明な赤色が美しいビーツと一緒に飲み込む。

「お肉も食べなよ。元気出るよ」

雪緒に言われて肉を解《ほぐ》して食べる。ここ数日食欲が落ちていたが、十分煮込まれた肉をゆっくり噛《か》みしめるようにして食べると、すんなり喉《のど》を通っていった。サワークリームやトマトの酸味、ビーツの風味のおかげか、脂の乗った肉を食べているはずなのに後味はさっぱりしている。

「美味《うま》いなあ」

呟《つぶや》くと、雪緒は嬉《うれ》しそうに笑った。


一緒にボルシチを食べた二日後の夜、雪緒は薫と話し合った。

薫は、また叔父のところで働かせてもらえることになった。迷惑をかけた客には時間を作ってもらって改めて謝罪し、今度薫が育てた花の苗を譲ってもらって育て直したいと言われたそうだ。

姉弟《きょうだい》はちゃぶ台を挟んで座っていたが、そこは雪緒の自宅ではなく、くま弁の休憩室だった。雪緒の仕事が終わる頃、薫がユウ達に礼を言いがてら、雪緒を訪ねてきたのだ。

「実家さ、出ないの？」

「とりあえずは」

薫はお茶を啜《すす》ってそう言った。

「薫がいいなら、別に私は一緒に暮らしてもいいよ」

「そうなの？　ありがとう。でも、最近は父さんも母さんも年食ったからか丸くなってきたし、まあ……」

親については色々薫も自分で思うところがあるのかもしれない。

「いや、っていうかそういうところ甘いんじゃないの？　俺に自立を促しなよ、自分で言うことじゃないけど」

「……そうだね」

　雪緒もお茶を飲んだ。日が落ちると気温が下がるので熱いほうじ茶を淹《い》れたが、今日は肌寒いというほどではない。涼しい、という程度だ。だんだん夏に近づいていくのだろうなと思い、薫が次に遊びに来た時には麦茶を出しているかもしれないと考える。

「俺、これからも叔父さんのところで働きたいな」

「ん？」

「今回、もう一度チャンスくれただろ。力仕事もあるし、接客もあるし、考えることも多いけど、もっと働いて、叔父さんが俺にしてくれたみたいにできる人間になりたいな」

　照れ屋の本人が聞いたらきっとものすごく照れるだろうなと思い、雪緒はつい微笑んだ。

「それに、雪緒みたいな人になりたい」

「え？」

　同じ言葉が自分にも向けられて、雪緒は固まってしまった。

　薫は真面目な顔つきで雪緒を見つめて言った。

「俺は、姉ちゃんのやり方、尊敬してるよ。仕事も、俺のことも、ちゃんと向き合うだろ。逃げ出さないで……」

「そ……そんないいものじゃないけど」

雪緒は動転してそう返した。

何しろ、薫は物事を斜めから見るようなところがあって、こんなふうに真っ正面から好意を口にされたのは雪緒も初めてのことだったのだ。

薫の言葉が染み入ってくるに従って、胸がぎゅっと締め付けられるように感じた。

「そっか……薫は、そんなふうに思ってくれたんだね。でも、ほら、私って結構失敗多いし、余計なことしがちだし……いつも悩んでて……」

「悩むのは、ちゃんと向き合うべきことに向き合ってるからだ。雪緒は誠実な人間だよ」

目頭が熱くなって、胸が苦しくて、耐えられなくなって雪緒は俯いた。ぽろりと涙が零れた。

「……えっ、雪緒!?」

薫が焦った声を上げる。雪緒は大丈夫、大丈夫と繰り返し、それでもすぐには涙を止められなかった。

そこへ千春が厨房《ちゅうぼう》から顔を出した。手には小ぶりな段ボール箱を抱えていて、後ろからは若菜も現れた。

「若菜ちゃんからサクランボもらったよ。雪緒さんも薫君も、よかったら食べていかない？」

「あ、噂の弟君だ。初めまして〜」

「あっ、はいっ、初めまして、はい？　え？」

薫が動転したまま返事をして、おかしなことになっている。雪緒は肩を震わせ、泣いたまま笑った。

サクランボの甘い香りが、くま弁の休憩室に漂っていた。

●第二話● 三人寄れば非オープンサンドイッチ

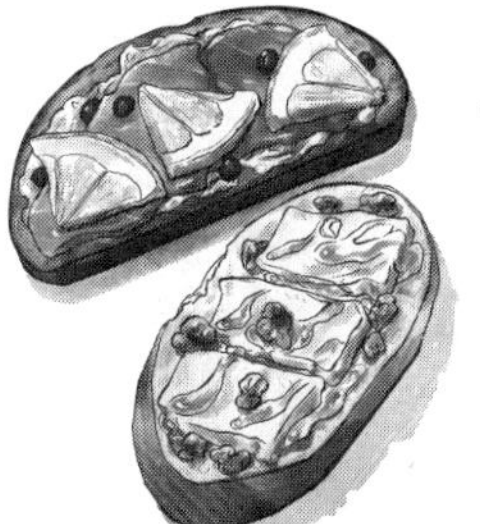

昼はオフィスビルや大学等を回って弁当を販売する。

夜は宅配で、注文が立て込んでいる時間帯は一度に二軒三軒とまとめて受け取り配達する。くま弁は雪緒の他は夫婦二人でやっている小さな店だから、昼夜合わせると一日に扱う弁当のうち三分の一くらいを雪緒が配達しているのではないだろうか。

昼間の仕事を終えて一旦《いったん》帰宅した雪緒は、郵便物をチェックしながらリビングに入り、ダイレクトメールの下になっていた空色の封筒に気付いた。

少し小さめだが整った字。差出人は黒川茜《くろかわあかね》とある。急いで封を切って中身を読む。学校のことや最近観た舞台のこと、東京の気候のことなどが書いてある。

雪緒は、東京の猛暑日を知らせる昨日の天気予報を思い出した。

手紙の最後には、夏休みに帰省すると記してあった。

窓を開けて七月の終わりの空気を取り込むと、雪緒は壁掛けのカレンダーを覗《のぞ》き込んだ。もらい物の細長いカレンダーは薄く、今し方入ってきた風でぱたぱたとはためく。高校の夏休みはもう始まっているはずだが、夏期講習があると言っていた。それが終わってから来るのだろうか。

黒川茜はくま弁の常連であり、雪緒の年下の友人だ。

彼女は四月から東京での生活を再開している。

出席日数不足で留年してしまった高校にもう一度通い、卒業を目指しつつ、大学受験の準備も進めているということだ。

　正直、高校三年生をもう一度やるというのはなかなかしんどいことなのではないかと雪緒は心配していた。大学時代には、単位が足らず留年して、姿を見せなくなったと思ったらそのまま大学を辞めていたという後輩もいた。

だが、茜は勉強に集中できて楽しいと言う。去年までの茜は仕事と学業の両立を自分に課していた――と言えば聞こえはいいが、どうしても仕事が優先されがちで、真面目な茜は期待に応《こた》えようとするあまり、回ってきた仕事に全力で取り組んで、勉強は後回しにしてしまっていたそうだ。

　ふと隣室の風鈴の音で我に返った。風呂《ふろ》掃除をしてベランダから洗濯物を取り込まなくては。窓を開けたリビングをそのままにして風呂場に向かうと、心地よい風が背中から廊下へと吹き抜けていった。

　自分の足取りが踊るように軽やかで、笑ってしまった。

　着信を告げるバイブレーションに気付いて、雪緒はポケットのスマートフォンを取り出し、発信者を確認した。

　そして、慌てて電話に出る。

「あ、はい、久しぶりです。今受け取りましたよ、ええ……」

　電話口の茜は元気そうで、雪緒は年下の友人からの電話に、思わず笑みが零《こぼ》れる。

「いいですよ、八月の第二週ですね……ええ、その日はお店も夏休みなので」

雪緒はリビングに戻ってペンを取り、カレンダーに書き込んだ。別に電話を切ってからスマートフォンのアプリに書き込んでもよかったのだが、なんとなくそうした。通りすがりに何気なく見返すことができるのが好ましい気がしたのだ。

そのまま少しの間、雪緒は風を感じながら、久しぶりの茜との会話を楽しんだ。

七月の末から八月のお盆くらいまでが、例年なら札幌の一番夏らしい季節だ。お盆を過ぎると涼しくなってくることが多く、そうするとくま弁も秋用のメニューが増えてくる。

くま弁の店長である大上祐輔は、客からは親しみを込めてユウ君と呼ばれている。最初にそう呼んだのは前のオーナーだそうだ。

すらっと背が高く、目鼻立ちのはっきりした顔に、大抵は穏やかな、ほっとするような微笑みを浮かべて、弁当についての要望ならなんでも応えてしまう。雪緒にとっては得がたい雇用主だ。仕事の説明はわかりやすく、トラブルが起こった時は頼もしく対応し、給料を毎月滞りなく入金してくれる。この前病欠した時も有給扱いにしてくれて、その日の分の給料も支払われていた。

そして、まかないが美味《おい》しい。

そのユウが、なんとなく元気がない。どこか上の空で落ち着かない様子だし、心なしか笑顔が曇っている。

午前中に受け取った弁当を持って昼時に近所のオフィスビルの各フロアを巡ると、あっという間に弁当がはけていく。今日はこの後もう一つ会議用の大口の配達があるが、その合間に店に戻った時、雪緒は尋ねた。

「ユウさん、お疲れですか？」

会議用の弁当を用意し終えて最終的なチェックをしているところだったユウは、意表を突かれた様子でえっと声を上げた。

「あ……ああ、いえ、僕は元気なんですが」

ユウは少々情けない顔をした。

僕は——という言い方で雪緒も察した。

今日は千春が午前も午後も店にいないのだ。時々用事や仕事で出かけていることはあるものの、ずっといないのは珍しい。

「千春さん、今日はどうかされたんですか？」

「あの……今朝、熱がありまして……」

「あっ、それは心配ですね。高いんですか？」

「普段よりは……それに、食欲もないのが気になってしまって。病院にも行ったんですが、夏バテだろうと……」

千春は小柄な女性だが、それはそれは美味しそうにごはんを食べる。ユウも、自分が作ったものを幸せそうに食べる千春を見て、いつもにこにこ微笑んでいた。

「よかったら、配達の後様子見てきますよ」

今日は午後の営業は休みの予定だが、ユウはまだこの後少し仕事があると言っていた。雪緒の方が、自由になる時間は多い。

雪緒の申し出をユウは一旦は断ろうとしたが、結局思い直した様子で、お願いします、と頭を下げた。


ユウは独身時代はくま弁の二階に住んでいたそうだが、今は夫婦で近所に部屋を借りている。

低層マンションの二階、廊下の一番奥の部屋がそれだ。呼び鈴を鳴らしてすぐに返事があり、少し遅れてドアが開いたかと思うと、女性が出迎えてくれた。

「えっ……？」

だが、出てきたのは想像していた人物ではなく、雪緒は思わずそんな声を上げていた。

女性はワッシャープリーツのスカートにTシャツというごくラフな格好で、ドアを開けたまま雪緒をじっと見つめている。艶《つや》やかな黒髪に、透明感のある肌。目尻《めじり》のつり上がった両眼が印象的だ。

彼女はすぐに悪戯《いたずら》っぽく笑い出して、柔らかな声音で言った。

「いつまで突っ立ってるの？」

あの空色の封筒の差出人、黒川茜がそこにいた。

「あっ、ええと……こんにちは、茜さん。千春さんいらっしゃいますか」

「私への挨拶《あいさつ》それだけ？」

「……お久しぶりです。会うのはまだ先だと思っていたので、ちょっとびっくりしたんです」

雪緒も学校が夏休みに入って茜が帰省したことは知っていたが、どこに遊びに行くということもなく、ほとんど家か図書館で受験勉強だと聞いていた。今日ここで会うことになるとは、まったく思っていなかった。

茜の後ろから、小柄な千春が顔を出した。切りそろえた明るい色合いの髪が肩の上で揺れている。彼女は笑顔だったがちょっと申し訳なさそうに見えた。

「ごめんね、わざわざ来てもらって」

「いえ、大丈夫ですか？」

「私はすっごく元気だよ。あの、もしよかったら部屋に入ってくれる？　茜ちゃんも喜ぶと思うし」

「私は関係ないでしょ」

茜はむっとした様子でそう言ったが、一応身体をずらして玄関に入れるようにしてくれた。

千春はユウの話から想像していたよりも元気そうだった。顔色も良いし、背筋もぴんとしていつも通りに見える。

あちこち動き回ろうとする千春をカウンターのスツールに座らせておいて、雪緒は指示に従って紅茶を淹《い》れた。林檎《りんご》の甘い香りがキッチンに漂っている。

キッチンからカウンターに紅茶のカップを置くと、千春が相好を崩した。

「ありがとう」

「熱いので気を付けてください」

千春は本人の希望でホットティーだが、雪緒と茜の分は冷蔵庫のアイスティーをもらった。きんと冷えたアイスティーは水出しのおかげか渋みが一切なく、香りよくすっきりと飲める。

雪緒もスツールに腰掛け、千春を茜と二人で挟む形になった。

「夏バテって聞いたけど、元気そうじゃない」

クッキーを摘まむ千春を眺めて茜がそう言った。もりもとのハスカップジュエリーという商品で、ハスカップジャムとバタークリームを挟んだクッキーだ。側面はチョコレートでコーティングしてある。さくさくのクッキーからとろりと出てくる甘酸っぱいハスカップのジャムという取り合わせが美味しく、『ハスカップジュエリー』という名も美しい。茜の手土産だそうだ。

「ああ、ユウさんでしょ、大げさに言うから……。本当にたいしたことないんだよ。熱出たって言ってもいつもよりちょっと高いかなくらいで、37度いっていないし……」

千春は困り顔だ。

常連の黒川がユウから千春のことを聞き、娘の茜に知らせたらしく、千春は申し訳なさそうだ。

「食欲がないって言うのは？」

茜に問われて、千春はうーんと唸《うな》った。

「言うほどでは……おかわりしなかったくらいで、残したわけじゃないし……」

「…………まあ、普通に食べてるもんね、クッキー」

「こういうの好きで……ほら、中に何かしら挟んであるお菓子。マルセイバターサンドとか、ロイズのプラ……なんとか」

「……プラフィーユショコラね。元気なのはいいけど、無理しないでよ。ユウ君心配してたみたいだよ」

「最近忙しかったからなあ……」

そう言って、千春はまたクッキーに手を伸ばす。

「そういえば、昼も宅配してるの？」

「昼は宅配じゃなくてオフィスとかを回ってもらってるんだ。前も昼はそうしてたんだよ。車が壊れちゃって中断してたけどね」

「夜も遅いのに朝から仕事なの？」

「午前中はそんなに早くはないよ、作った後は雪緒さんが運んでくれるから休憩も取れてるし。ただ、最近はちょっと新メニューの開発で悩んでて……つい話し込んじゃったりするんだよね」

恥ずかしそうに微笑む千春を、茜はじろっと睨《にら》み付けた。

「実際、いつもよりは忙しかったし、食欲落ちてたんでしょう？　それならまずはちゃんと休みなさいよ」

「う……はい……」

叱られ項垂《うなだ》れる千春と怒る茜を見て、雪緒は思わず言った。

「親御さんみたいですね、茜さん……」

「私の方が十歳以上年下なんだけど!?」

そのやりとりに笑ってしまった千春を、茜が睨み付ける。

「そもそも千春さんが悪い！　もっとちゃんとして！　未成年に心配させないで！」

「ごもっともです……」

そう言って頭を下げた千春は、そっと様子を覗《うかが》うように目を上げて、二人を見やった。

「それで……ですね」

「何よ」

「お二人は、お昼ごはん食べたのかなーと……」

茜は雪緒と顔を見合わせた。雪緒はまだだということを示すために首を振った。

「私もまだ……」

茜もそう答えると、千春は嬉《うれ》しそうに提案した。

「じゃあ、お昼一緒に食べよう。もらいもののハムをパンに載せて食べたいな～と思ってたんだ。昨日ユウさんが焼いてくれたの。それにね、フルーツトマトと……何かあったかな、ちょっと待っててね」

千春は言いながらキッチンに入って冷蔵庫を開け、ああ、ブドウと桃もあるなあ、なんて言っている。そんなふうに具体的に羅列されると空腹を刺激されてしまう。雪緒も後ろから千春を覗《のぞ》き込み、手伝いを申し出た。

茜は立ち上がるなり、もうしょうがないんだから、などと言いながらも、キッチンに入ってきた。

薄くスライスされた生ハムを贅沢《ぜいたく》に畳んで盛り付け、桃を添えたバゲット。

齧《かじ》りつくと、時間をかけて熟成された生ハムの香りが鼻から抜け、塩気と芳醇《ほうじゅん》な旨《うま》みが口の中に広がる。そこにじゅわっと桃の香りと甘さが来て、小麦の香りがそれらを支える。

「美味《おい》しいです……」

余韻を味わいながら雪緒はしみじみと言った。

北海道産の豚肉を加工したという生ハムだ。脂身が口の中で溶けて、香りと旨みだけを残してなくなってしまった。

「美味しい〜、ワイン飲みたい……」

そう言っているのは千春だ。彼女はチーズを載せ蜂蜜《はちみつ》をかけたバゲットを頬張っている。

皿には、薄くスライスしたバゲット、ライ麦パン、生ハムにスモークサーモン、数種のチーズ、バター、蜂蜜、桃とブドウ、フルーツトマト、ルッコラ、アボカドなど。それらを好きなように組み合わせて、それぞれオープンサンドイッチを作ることになった。

雪緒は早速千春のまねをした。チーズと蜂蜜はやはり美味しい。蜂蜜のこってりした甘さとチーズの塩気とこくが掛け合わされて、ついつい手が出る味なのだ。千春は青カビ系のチーズ。雪緒は癖の強いものは少し苦手意識があったので、これならどうかと勧められ、中札内《なかさつない》産のクリームチーズを選んだが、滑らかなクリームチーズに蜂蜜が合わさって、上品なデザートのようだった。

茜はライ麦パンにクリームチーズとルッコラ、スモークサーモン、さらに上にキッチンガーデニングでユウが育てているというディルを散らしている。盛りだくさんなそれを、ナイフとフォークで切り分けつつ無心になって食べている。

「あ、そうだ、他にもないかな……ナッツとか……」

そう言って千春が立ち上がろうとするので、茜が制してカウンターからキッチンへ手を伸ばした。

「これ？」

「そうそれ」

瓶詰めにされていたナッツとドライフルーツまで出てきて、雪緒はどう組み合わせようか迷ってしまった。

「今日はお酒ダメだからね」

そう言いながら、茜は今度はクリームチーズを塗ったライ麦パンにカットした桃とブドウをこれでもかというほど盛っている。茜はライ麦パンが好きなようだ。酸味があって、どっしりと重いライ麦パンも、ユウが焼いたのだという。

「わかってるよ、さすがに体調不良で休んで酒盛りはしないよ……」

千春は少々後ろめたそうな顔で言った。

そんな千春を茜はナイフとフォークを手に胡乱《うろん》な目つきで見やった。

「私たちが帰ってから飲まない？」

「飲まないよ、そもそも別に毎日飲んでるわけじゃないし……」

「ちゃんといっぱい寝るのよ？」

「わかってるよ。心配させてごめんね」

茜は結構きつめの口調で言っているのだが、千春は穏やかな態度だ。

「来てくれてありがとう。勉強大変なのに、ごめんね」

「よ……様子見に行った方がいいかと思って。それに今日はあんまり勉強も集中できなかったし……ここで休憩するのも、家で休憩するのも、大して変わらないでしょ。だから別に、そんな……感謝されるようなことじゃないんだから」

正面から感謝されたのが気恥ずかしかったのか、口籠《くちご》もりながら茜はそう言う。

千春は笑顔でうんうんと頷《うなず》いて、茜の話を最後まで聞いてから言った。

「ほら、今は食べよう。美味しいよ」

千春に勧められて、茜は自分で作ったオープンサンドイッチをナイフで切って、たっぷりのブドウが載った部分を口に運んだ。ん、と唸って目を丸くする。

「美味しい。ブドウが……酸味もあるけど、甘くて」

千春が出してくれたブドウはバッファローという品種で、北海道のブドウとしては早い時期から収穫されるそうだ。

茜はその皮を剥《む》いて、出てきた濃い赤紫色の粒をパンに載せている。汁が滴るブドウはやや小ぶりながらもいかにも瑞々《みずみず》しく潤って、輝いて見える。

千春はうきうきした様子で言った。

「美味しいよね～！　余市《よいち》のだよ。余市はワインも美味しいんだ！　……あ」

余市というのは小樽《おたる》の近傍に位置する町で、果物の生産などでも有名だが、ワイン用のブドウ畑があり、ニッカウヰスキーの工場もある。

余市のブドウといえば、と千春がワインを連想してしまったのも仕方ないだろう……

雪緒だって、これはワインに合いそうだなと思いながら食べているのだ。

「……飲まない、飲まないです、大丈夫」

茜の冷たい視線を受けて、千春はおどおどとそう言い、咳払《せきばら》いをして雪緒に話を振った。

「そうそう、雪緒さんは最近どうかな、お仕事増えちゃって大変だと思うけど、疲れ溜《た》まってない？　ばんじゅう重いし、運転時間も増えたし……」

　あからさまに話題を変えてきたな……と思ったが、雪緒はそれに応じることにした。実際、千春はちょくちょく気にかけてくれているのだ、茜の冷たい視線を逸《そ》らす手伝いくらいはしたい。

「私は大丈夫です。お休みいただいていますし。茜さんは最近どうですか？　寮生活ですよね」

「大きな問題はないよ」

　茜は最初はそれだけ言ったが、さすがにもう少し説明しようと、考え考え言った。

「寮はセキュリティ面でも安心できたし、残れて良かった。留年したし、騒動の時は迷惑かけていたから、たぶん転校を勧められるんじゃないかなと思ってたんだけど……ほら、通信制なら仕事しながらでも単位を取りやすいと思うし。でも、学校からは、残ってやる気があるのなら、サポートするって言ってもらえたから……」

「それはよかったですね」

「うん。まあ、三年だから受験もあるし、クラスの子たちも自分のことで手一杯って感じだけど、話すと結構普通に接してくれるかな。私も今は仕事してないから普通に毎日学校行けるし、放課後勉強できるし、夏期講習受けられたし……平穏だなって思う」

端で聞いていると勉強漬けの受験生の日常なのだが、茜からすると違うのだろう。

「そういえば、ユウ君は大丈夫なの？　千春さんが忙しいなら、ユウ君だって忙しいんでしょう？」

茜がブドウを皿から一房取って尋ねた。気に入ったらしい。

雪緒の方は茜がさっき食べていたスモークサーモンが気になったので、クリームチーズにケイパーとレモンも一緒に載せてオープンサンドイッチを作っていた。

「そうなんだよね……でもユウさんってそういうの大丈夫って言う人だから……今日も、本当はお店休みだったんだけど、昼の配達の仕事入れちゃうし。雪緒さんも、ごめんね」

千春に申し訳なさそうに言われて、雪緒は恐縮した。

「いえ、大丈夫です。明日《あした》の昼はお休みですし……」

「えっ、定休日なのに仕事入れたの？」

眉《まゆ》を顰《ひそ》めて確認する茜に、千春は、まあ、と曖昧《あいまい》に頷いた。

「あ、でもお店は閉めてるから午後は休みで……いや、ユウさんは新メニュー完成させるって言ってたから午後も仕事してるけど……」

雪緒は完成したオープンサンドイッチに齧りついた。いちょう切りにしたレモンの酸味、口の中で潰《つぶ》れたケイパーの酸味と爽《さわ》やかな風味がスモークサーモンの生臭さを緩和しつつその味わいを引き立てる。ライ麦パンのぼそっとした食感にクリームチーズの滑らかさがちょうど良い。

茜は心配そうだった。

「ちょっと、ユウ君ってちゃんと休んでる？」

「うーん……実はさ、八月ってうち毎年夏休みもらってるんだけど、今年ユウさん仕事入れようとしてるんだよね」

二口目を食べていたところだった雪緒は、慌てて飲み込んだせいでライ麦パンを喉《のど》に詰まらせかけた。

「ごほっ……そうなんですか？」

「あ、雪緒さんはお休みでいいんだよ、勿論《もちろん》」

「いや、そういう問題ではなくて……千春さんとユウさんはお休みしないんですか？」

「今朝、携帯に電話がかかってきて、お客様からケータリングの相談をされて……お客様もお店が休みなのはわかってるから、もし可能ならって感じで言ってくれてるけど、ユウさんは受ける気でいるみたい。私には休んでていいよって言ってくれるけど」

つまりユウだけは夏休み中も仕事をするということか。

茜はぽつりと呟《つぶや》いた。

「仕事を断りたくないのって、わかるなあ」

留年したとはいえまだ高校生の茜の口からそういう言葉が出ることを、雪緒は想像していなかった。

だが、茜は、何年間もそうしてきたのだ。

「今その仕事を受けなかったら、他の人の仕事になるんだって思ったら、断れないよね。きっとお客さんは次からは仕事を受けてくれた人に回すもの。私は仕事を選《え》り好みできるような立場じゃなかったし、もらった仕事頑張るだけって思ってたけど、だからこそ、疲れてるので休ませてくださいなんて言えなかったな。まあ、事務所にもよるのかもしれないけどね」

「でもそれを繰り返していると倒れるまで休めないよね。私としてはそろそろ休んで欲しい」

雪緒が彼らと一緒に働いて半年ほど経つが、千春もユウも穏やかな性格で、喧嘩《けんか》をしているところなど一度も見たことがない。とはいえ勿論なんでもかんでも意見が一致するわけでもないだろうし、ユウのことが心配な千春の気持ちもわかる。

「言えばいいんじゃないの？」

そう言ったのは茜だ。

「でも、ユウさんの気持ちもわかるしな……」

「何よ、それ」

茜は呆《あき》れ顔だ。

「意見くらい言えばいいでしょ。倒れて穴開けたら、最初から断るよりもっとひどいもの。私はさっきああ言ったけど、千春さんの意見だって一理あるし、選択するのはユウ君なんだから」

「まあ……そうなんだけど……」

千春はカマンベールチーズを切り分けつつ、物憂げに言った。

「ユウさんは私が何か言ったら真剣に考えてくれるから……」

「はあ？　惚気《のろけ》？」

「ち、違う、そうじゃなくて、私もよくよく考えて言いたいってこと」

「あのねえ、よくよく考えてるでしょ。ユウ君の気持ちも、身体のことも。でも、本人にはなれないんだから、話してみないとわかんないこともあるの！　とにかく話し合え！」

ついに命令口調になった。

その上、おまえも何か言えとばかりに雪緒の方を睨《にら》んできた。

雪緒は咳払いを一つした。

「千春さんから見てユウさんにお休みを勧めたいというのなら、それで十分なのでは？」

「そ……そうなんだけど……」

千春はもごもご口籠《くちご》もり、何か言いにくそうにしている。

「あの……まあ、なんて言いますか……正直、ユウさんは割と元気そうでして」

よほど言いにくいのか、口調が変わって、丁寧語になった。

「うん……え、よっぽど疲れてる感じではないの？」

困惑した様子で茜が聞き返す。雪緒も改めて思い返してみたが、ユウはまあいつも通りという感じだろうか。忙しそうだなとは思うが、楽しそうでもある。というかおそらくワーカホリック気味なのではないだろうか。

千春は大変申し訳なさそうに声を絞り出した。

「あのね……休んで欲しいというのはその通りなんだけど、夏休みをユウさんと過ごしたかったの、私が……」

……なるほど、と雪緒と茜は目交ぜした。ユウの体調を気遣ってという部分もあるのだろうが、何より千春自身がユウとの夏休みを楽しみにしていたのだろう。定休日があるとはいえ最近は忙しかったようだし、特に心待ちにして、その日のために頑張って……

……それが急に失われそうになって、がっくりきてしまったのだ。

「そうですよね、夏休みのはずでしたもんね……」

「毎日一緒に過ごしてるのに休日も一緒がいいなんて思うものなのね」

雪緒が共感して言えば、茜はそんなことを言う。

雪緒は思わず茜をまじまじと見やった。

「そういうこと言いますか？」

「だって不思議じゃない？　毎日一緒に仕事してたら十分じゃないの？」

「いや……仕事は仕事でしょう」

「ふーん。私なら休日は一人で過ごしたいなと思っちゃう。毎日仕事一緒にやってる人と休日も一緒に過ごすの嫌じゃない？」

「千春さんたちご夫婦ですからね、別にただの同僚じゃないですし……」

「私ならって言ったでしょ。あなたならどうなの？」

「うーん……欲を言えばどっちも欲しいですね、一人の時間も二人で過ごす時間も」

意見を出し合う雪緒と茜に、千春が言いにくそうに声をかけた。

「あの……もうそのくらいで……私が恥ずかしくなってきたから……」

「すみません……」

雪緒は謝ったが、茜の方は呆れ顔で、千春が切ったカマンベールチーズを摘まんだ。

ふに、とした食感から、充分に熟成されて食べ頃であるのがわかった。

「恥ずかしがることないでしょ。だいたい、別に私ならって話をしてるんであって、千春さんがそうしたいならユウ君に普通に言えばいいでしょ。まったく……」

「……う……ぐ」

呻《うめ》くような声を少し漏らした後、千春は頭を抱えた。

「いや、恥ずかしいよ……だって私はあなたと夏休みが過ごしたいので仕事を横に置いてくださいって、仕事のこと考えてないみたいでは？　そもそも、私だってお店はお店で勿論大事だし、お客さんを逃したくないという思いはあるし……」

「くま弁が三日間休みなのはあんたのわがままじゃなくて元からそうでしょう！　ああもう、雪緒さんも何か言ったら？　ほら、一人で食べてないで！」

「んぐっ、すみません」

　ブドウが美味《おい》しそうだったので摘まんでいたのだが、急に話を向けられ慌てて飲み込んでしまった。もう少し大きいブドウなら危なかっただろうが、やや小粒のブドウは喉をするりと滑り落ち、心地よい甘さが残った。

「えっと……じゃあ、ユウさんに何か差し入れ用意しませんか？　私が届けますよ」

「話が繋《つな》がってないんだけど？」

「これから繋げますから……思うのですが、サンドイッチとかですと手軽に摘まめますし、邪魔にもならないのではないかと。その時に千春さんからの手紙を渡したらどうでしょうか？」

「手紙？」

　聞き返す千春に、雪緒は説明した。

「別にメールでもなんでもいいんですが、手紙だとサンドイッチと一緒に渡せてちょうどいいかなと思ったんです。電話と違って推敲《すいこう》できますし……」

「雪緒さんは手紙好きよね」

　茜はそう言いながらバゲットにチーズとくるみを載せている。先ほど摘まんでいたカマンベールチーズだ。さらにそこに大胆に蜂蜜《はちみつ》をかけた。バゲットから皿の上にまで垂れている。雪緒は瓶に残された蜂蜜の量を思い、口走った。

「か、かけ過ぎでは？」

「……そう？」

「いいよ、かけちゃって。なくなったら新しいの出すし。それで、雪緒さんは手紙が好きなんだね」

　千春に促されて、雪緒は考え考え、話した。

「私は確かに手紙が好きです……何かこう……手紙なら主題がはっきりしない話でも書いてもらいやすいかなという気がするんです。いや、メールも人によるんですけど」

「主題がはっきりしない、って……用件があって送るんじゃなくて、雑談とかってこと？　別にメッセージだって用件ばっかりじゃないでしょ」

「そうなんですけど、手紙はより長めの文章を書けるので。私、人のそういう文章を読むのが好きなんです。心の中をちょっと漏らしてもらっているみたいな感じの。普段、面と向かっては言いにくいことでも、手紙だと書けるような気がします。真っ正面から言うと恥ずかしいこととか。だからラブレターというのがあるんだと思います」

「ラブレターって……古過ぎない？」

　茜は鼻白んだようにも見える。

「実際、茜さんだって手紙の方がメールとかメッセージとかでやりとりするより色々打ち明けてくれるじゃないですか」

「そ……そんなことないと思うけど!?」

茜は頬を赤らめ、怒ったような焦ったような声を上げた。

「え、でもほら、前に寮に居着いている猫のこととか相談してくれて……どうしたら仲良くなれるかって……」

「うわーっ！」

千春が興味深そうな顔をしていたが、茜はばたばたと手を振って雪緒を黙らせた。

「わかった、わかったから！　そうね、確かに手紙は何書こうかってペン持って考えてると色々頭に浮かぶし、なんか普段話さないこと書いちゃうし……だから……もう、黙って！」

「えっ、はい……」

そんなに恥ずかしがるようなこととは思っていなかったため、雪緒は少ししょんぼりして口を噤《つぐ》んだ。別に困らせるつもりはなかったのだが。

千春はうーんと唸《うな》って雪緒の提案を検討しているようだった。

「そういえば手紙って結構書いてないなあ……どうしてもスマホのメッセージの方が手軽だから。うん……確かに、ちょっと書いてみたいかも……」

千春は何度かうんうんと頷《うなず》き、よし、と声を発して立ち上がった。

「早速書いてみるよ。ありがとう、雪緒さん、茜ちゃん。差し入れも作ってみるね！」

「千春さん作れるの？」

茜が何の悪意もない様子で尋ねた。

千春は心外そうだ。

「つ……作れるよ、今だって普通に作ってたでしょ」

「……変な組み合わせとかしない？　そういうの好きそう……」

「そういうの好きだけど人に差し入れるもので冒険はしないから」

「じゃあちょっと作ってみてよ」

「え、ええ～、もう……信用がないな……」

千春はぶつくさ言いながらもキッチンに入って改めて手を洗った。手伝うためか監視のためか、茜も手を洗って千春と並んだ。

「何載せようかな～、チーズと蜂蜜も美味しかったなあ」

「ブドウも使いなさいよ！」

茜と千春は楽しそうに言い合い、キッチンで並んでオープンサンド作りを開始する。

雪緒はお品書きを用意することにした。別に頼まれたわけでもないが、誰かに食事を届けるのなら、それが必要な気がしたのだ。

チーズや生ハムの製造元を調べたりしている間に、キッチンでは千春たちがわいわい言いながらできあがったサンドイッチを紙のボックスに入れている。

だが、何故か茜が怒っているというか、呆《あき》れている様子だった。

「まったく、千春さんってそういうところあるのよね」

「どうかしたんですか？」

雪緒が心配して訊《き》くと、千春が困ったように笑って答えた。

「いや、たいしたことじゃないんだけど……」

千春は何事か説明しようとした様子もあったが、ふとリビングの壁時計を見て悲鳴じみた声を上げた。

「もうこんな時間なの？」

時刻は十五時になろうとしている。昼食には遅すぎるが、今から急いで店に行けばおやつと言える時間だろう……オープンサンドイッチがおやつでいいのかという問題は置いておくとして。

千春は紙袋を用意してその中にサンドイッチの紙箱を入れ、大慌てで手紙を書き始めた。

茜と雪緒で皿を洗い、キッチンを片付け終えた頃、千春ができた、と叫んでペンを置いた。

「手紙とか久しぶりで何て書くか悩んじゃった！」

「本題は夏休みのことなんだからね、忘れてない？」

「大丈夫だよ、色々ありがとうね、茜ちゃん、雪緒さん」

雪緒は紙袋を大事に抱えて言った。

「いえ、それじゃあ私、届けてきますね。千春さんは休んでいてください」

「あ、私も一緒に行く。千春さんはちゃんと休んでね」

茜もそう言って自分の小さなリュックを背負ってついてくる。

「今日は来てくれてありがとう」

玄関で見送る千春は、柔らかな微笑みを浮かべている。会った時も顔色は良いなと思ったが、思い返してみると、やはり今の方がはつらつとして見える。茜も雪緒も様子を見に来ていたから、千春としては元気に見せたいという思いも働いていたのだろう。

「すみません、長居してしまって」

「いいの、楽しくて元気が出たし」

そう言って千春は笑う。

休んでくださいね、と二人で言って、雪緒も茜も部屋を出た。


裏口から店に戻って厨房《ちゅうぼう》を覗《のぞ》くと、ユウはちょうど片付けをしているところだった。

彼は茜の姿を見つけると、親しみを込めて微笑みかけた。

「お久しぶりです。遊びに来てくれたんですか？」

「千春さんのところちょっと覗いてきたの。元気そうだったよ」

雪緒が、千春さんからですよ、と言って紙袋を渡すと、ユウはきょとんとした表情で受け取って礼を言った。

彼は紙袋から紙のボックスとお品書き、そして千春の手紙を取り出した。

「これは……オープンサンドイッチ？」

お品書きを見てユウがそう呟《つぶや》くと、茜は何故かあっと声を発した。

「ええと……それは……あの……」

しばらく口籠《くちご》もった末に、彼女はため息とともに言った。

「見ればわかると思うけど」

小首を傾げながら、ユウはボックスを開けた。

そこに入っていたのは、色とりどりの具材を載せたオープンサンドイッチ——ではなかった。

ライ麦パンの上に具材とバゲットが重ねられている。

それは持ってくる間に崩れたとかではなく、完璧《かんぺき》に明確に重ねてある。何しろずれないようピックで刺してある。

オープンサンドイッチが入っているものと思っていた雪緒もユウも目を丸くしてその中身を覗き込んだ。

ただ茜だけが、頭が痛そうな顔で、説明した。

「この方が食べやすいからって、千春さんが」

「あ…………なるほど」

そういえば調理中に茜と千春が何か言い合っていた。これのことだろう。千春は食べやすいからと普通のサンドイッチにして、せっかく綺麗《きれい》に作ったのにと茜は残念がったのだ。

「ふふっ」

その間にユウは手紙にも目を通しており、思わず、といった様子で笑っていた。その笑い方があまりに面白そうで、幸せそうで、見ている雪緒までなんとなく幸せな気持ちになった。

「よっぽど良いこと書いてあったのね」

茜も呆れたような、嬉《うれ》しそうな笑みを浮かべてそう尋ねた。ユウはさらりと答えた。

「デートに誘われました」

雪緒は思わず茜と顔を見合わせた。茜がちょっと照れた様子だったので、雪緒が微笑んで言った。

「よかったですね」

「ありがとう」

「じゃあ、ちゃんと休憩して食べてね！　私たち、もう行くからっ」

デートに誘われたという発言だけでそんなに照れるものなのか、茜はまだ少し赤い顔でそう言い、雪緒の腕をぐいぐいと引っ張った。

雪緒は挨拶《あいさつ》もそこそこに店から引きずり出された。

「ふう」

裏口から庭に出て、ようやく茜は一息吐いた様子だった。

それでもまだ頬の赤みは引いていない。雪緒は申し訳なくなった。

「大丈夫ですか？　ああいう話苦手だったらすみません……」

「え？」

庭の木陰で涼むように立ち止まっていた茜は、驚いた顔で振り返った。

「何が？」

「あの……デートとか、そういう話苦手なのかと」

「ああ、別にそういうんじゃないの」

茜は深く息を吸って吐くともういつも通りの様子に戻って、さっさと庭から歩道に出てしまった。

「茜さん、この後どうするんですか？」

「家帰って勉強」

茜は歩きながら鞄《かばん》にしまっていた帽子を取り出し、ここに来た時と同じように深く被《かぶ》った。そうすると目線が隠れ、なんとなく地味な印象になる。そういえば茜は北海道のローカルアイドル出身だから、地元では特によく知られているはずだ。帽子はたぶんそのためのものだろう。

「じゃあおうちまで送っていいですか？」

「え……昼間なんだし別にいいよ」

「いや、私がそうしたいだけなので。いいですか？」

「……いいけど」

茜は雪緒と肩を並べて歩きながら、特に何も言わなかった。少し唇を突き出すようにして、目線は帽子の鍔《つば》に隠してしまっている。

不意にその尖《とが》った唇を開いて、彼女は言った。

「何年も前、あの人たちのデートをセッティングしてやったことがあるの。私があの人たちのデートの日に仕事入れちゃったから、その埋め合わせにね。その時はなんだか……むなしいって感じの気持ちだった。たぶん、私はユウ君のこと、気になってたのね。勝手に自分と重ねたりしてさ。今はね、そういう感じとも違うの……なんていうか……」

しばらく言葉を探した末に、茜はため息とともに漏らした。

「照れくさいのよ！　親のデート話聞いたらこんな気分かもしれない」

「……なるほど」

それだけ茜がユウや千春を親しく思っているということなのだろう。身内のデート話は、雪緒の歳になると耳に入ったとしても仲良くしてくれてありがたいなと思うばかりだが、若い頃は確かに少しくすぐったい。

「幸せそうで、よかったですね」

「…………今頃食べてるのかしら」

茜がそう呟いて空を見た。

夕暮れの手前、空はまだ青く、しかし日差しの強さは和らいできた。

こうして木陰から出て歩道の上を歩いていても、少し汗ばむ程度だ。

「ここの夏は静かよね。蝉の声も聞かないし」

茜は東京の夏を思い出しているのだろうか。

北海道の短い夏のただ中で、雪緒はビルの間を吹き抜ける風を心地よく感じていた。

伸びをする猫が気持ちよさそうで、眺めているユウまでなんとなく身体を思い切り伸ばしたくなる。

和紙の便箋《びんせん》には、水彩で描かれた様々な猫が印刷されている。ユウを慕ってくれる常連客が作ったもので、彼のイラストが大好きな千春が譲ってもらって大事に使っている。

ボールペンで書かれた字は見慣れた千春のものだが、いつもより心なしか丁寧だ。考えてみたら、普段目にする彼女の字は、お弁当の注文をメモする時の走り書きがほとんどだ。読めればよいそれと違って、どこかかしこまったような、千春の僅《わず》かな緊張が感じられる字だった。

それはユウが雪緒に語った通り、概《おおむ》ねデートに誘う手紙だった。

寂しいわけではないのですが、と文中で二度も断っている。もしよかったら一緒に過ごしたいなあと思います、といういかにも千春の声で再現される書き方が愛《いと》おしい。

ユウは仕事が好きだ。

勿論《もちろん》どれだけ好きなことでもきついことはあるし、好きだからこそ妥協したくなくて悩むこともある。休みを取るよりも全力で働いて満足のいく出来のものを客に届けたいと考えてしまうこともあった。幸い身体は丈夫で、毎日しっかり寝て食べて、たまに半休でも取れればそこまで疲れは残らなかった。

仕事で休みが潰《つぶ》れるのは昔からよくあることで、当たり前のことになってしまっていて、今回の夏休みに仕事を入れようとしたのも、そういう考え方の延長線上にある。

一緒に店をやっていきたいという彼女の思いを知った時、正直戸惑いもあった。それは彼女を自分の人生に巻き込みたくないという思いからくるものだった。

だが、人生をともに歩むことを決めてからは、どちらがどちらを巻き込んだというものではないのだなと感じていた。お互い関わり合い、影響を与え、変化していく。一方的ではなく、双方向なのだ。

それなのに、最近は必ずしもそうではなかったのかもしれない。

自分は彼女に随分遠慮させていた。

「僕、自分のことばかりだったな……」

ぽつりとそう呟く。

千春の言う『寂しいわけではないのですが』には、色々な思いが込められているだろう。

一緒に暮らして、一緒に働いて、それでもプライベートな話ができる状況というのは限られていて、相手のことだけを見つめているわけにはいかない。その状況に対して憂《ゆう》鬱《うつ》な気持ちになっても、それを伝えていいのだろうかと遠慮してしまう。

　遠慮なんてしてほしくないし、どんどん話して欲しいのだが、そうしにくい部分があったのかもしれない。それはたぶんユウ自身の問題でもある。

　そもそも、いくらユウが健康だといっても、二十代の頃と比べれば体力だって落ちてきているだろうし、気付かないうちに疲れが溜《た》まっていてもおかしくない。健康なうちにこそまともに休むべきだ。

　そういう色々な問題を千春はデートを提案することで解決しようとしてくれている。

　彼女と過ごす休みを、デートを想像すると、胸がときめく。昼まで自宅でのんびり過ごすことも、見つめ合ってたくさん話すこともできる。手をつないでどこかに出かけても楽しそうだし、映画館で映画を観るのもいい。それとも美術館か博物館はどうだろう、特別展は何をしているのだろうか。晴れていたらドライブに行くという手もある。

　なんだか突然自分の心が息を吹き返したようだ。

　勿論今までだって誠心誠意仕事に打ち込んできたが、こうしてみると、仕事と料理だけが自分を形作っているわけではないのだなということに気付かされる。仕事に縋《すが》るようにしてかろうじて息をしていた頃もあったが、それはもう過去のことなのだ。

　そして千春の存在は、ユウにとってプライベートだけではなく、仕事の上でも刺激になっている。

今回だって、オープンサンドを二つくっつけて普通のサンドイッチにするなんて、ユウなら考えつかない。

忙しくしているユウが手軽に摘まめるようにという千春なりの心遣いなのはわかるが、そういうところをこうして目の前にすると……まあ、率直に言って面白い。

ユウからするとオープンサンドだってそんなに食べにくいとも思えないし、そもそも一つで完成されたものを二つくっつける必要があるのかと思ってしまうのだが、千春はそういうところは強引に突っ切ってしまうのだ。勢いで。

だが、そうすることでまったく思ってもみなかった、新しい世界が開けることもある。甘く瑞々《みずみず》しいブドウ、よく熟成されたカマンベールチーズと蜂蜜《はちみつ》、生ハム、さらにはクリームチーズとスモークサーモン、レモンにディル。少し具材が多すぎる気もしたが、ライ麦と小麦の香りに挟まれて、一口ごとに異なる世界が見える気がして楽しい。楽しいのは大事だなと思う。新しいメニューも楽しいものがいい。意外で、でも美味《おい》しくて、季節感もあって。

「ブドウかあ」

ふとユウは呟《つぶや》いた。ブドウなら秋らしさも感じられる。サラダなどに少し甘いもの――たとえばレーズンやザクロ、梨などを使う場合もあるし、ブドウを使ってみるのもいいだろう。

北海道のブドウの旬はこれからだ。

家に帰ったら千春にお礼を言って、それから手紙の返事もしよう、とユウは考えた。そうしたら彼女はどんな顔をするだろうか。おかげで新商品のアイディアが浮かんだよなんて言われたら、きっと、私何もしてないのに？　と目を丸くして驚くのだろう。

ユウは休憩室でまたサンドイッチを一口食べた。

なんだか気付くと口元がにこにこ笑っていた。少々ひねくれ者の自分が彼女を思うだけで自然と笑顔になるのだから、やはり千春は凄《すご》いと思う。

夕飯は一緒に食べようと思っていたが、それまで待っていられない。

ユウはスマートフォンを取り出して、電話をかけた。千春はすぐに出てくれたが、少し声が硬い。きっとユウの返事待ちで緊張しているのだろう。

ユウは一息に言った。

「お手紙と差し入れありがとう。デートしましょう！」

一呼吸置いて、

『はい！』

千春の元気な返事が聞こえてきた。

「あの、それで身体は大丈夫かなと……」

『身体？　ああ、大丈夫、熱は上がってないし。夕食何か作っておこうか？　冷たいおうどんはどうかな。梅干しと大根おろしと……あと豚しゃぶ載せるの』

結婚してすぐはまだユウに対して丁寧語で話していた千春も、最近二人きりの時は砕けた話し方をするようになっていた。

「ありがとう」

『うふふ、どういたしまして』

「……何か、元気そうで安心したよ。最近、元気がないような気がしていたから……」

『それはたぶん茜ちゃんと雪緒さんのおかげかな。ユウさんのことも相談できてすっきりしたし』

「それで手紙を？」

『そう、なんだか改めて書こうとすると照れちゃったけど……でもね、こうして書いていたら、ユウさんに話してるみたいで、嬉《うれ》しかったんだ。ユウさんと手紙の中で向き合ってるみたいで』

もしかして、千春がどうにも元気がなさそうだったのは、自分のせいでもあるのだろうか、とふとユウは気付いた。

休みを潰すかもしれないという話になったのは今朝のことだが、それ以前からかなり忙しくしていて、ユウとしては千春の負担が気になっていた。

だが、疲労や夏バテだけではなく、彼女はユウと真っ当に向き合えないことで、少なからずストレスを抱えていた……ということはないだろうか。

ユウが彼女とのデートを想像して生き返ったように感じたのと同様に、彼女も手紙を通してユウと向き合う時間を持つことで、元気になれた。

そう考えると、申し訳なさと、愛《いと》おしさがこみ上げてきて、ユウはどうしたらいいかわからなくなってしまった。目の前にいたら抱きしめることもできるのに。

「あの……できるだけ早く帰るよ。一緒にごはん作ろう」

『えっ、いやいや、私の腕前だって少しは上がって……』

「そうじゃなくて、僕がそうしたいんだ。千春さんといたい」

少しの沈黙ののち、千春の上擦った声が聞こえてきた。

『そ……そういうことでしたら、あの、大歓迎ですが……』

急に丁寧語に戻っている。動揺が感じ取れる声だった。

「じゃあ、すぐに終わらせるから」

そう言って、ユウは電話を切って、残っていたサンドイッチを摘まみ上げた。かなり大きめだったが一口でそれを頬張り、行儀は悪いが口を動かしながら立ち上がる。

サンドイッチにしてもらえてよかったなと思った。

おかげで、こんなふうに急いで食べることだってできる。

チーズと蜂蜜、ブドウに麦。

命の源のようなその味が、新しいエネルギーになって、さっさと仕事を終わらせろという彼の要求を叶《かな》えてくれる。

茜はお盆休み明けに東京に戻るそうだ。

受験生だからとほとんど家か図書館で勉強していたようだが、家族とゆっくり過ごせたと満足そうに語っていた。学校に帰ったら残りの夏休みも夏期講習を受けるという。

自分が受験生の時はどうだったかなと雪緒は思い起こそうとしてみたが、もはやぼんやりとしか思い出せない。

確かに三年生ともなるとかなり勉強漬けだったはずだが、それでも高三の夏と言われて思い浮かぶのは、気晴らしに友人宅で花火を見たこととか、弟のゲームに付き合ったこととかだ。

今回の茜の夏休み中、雪緒は約束通り一度茜と会った。

雪緒と過ごした三時間、茜は雪印パーラーで季節のパフェを食べたり、服を見たり、参考書を選んだりしていた。特になんということはない時間で、別に雪緒がいてもいなくても大して変わらないのではないかとさえ思ったが、茜はまあまあ楽しそうだった。

今日はありがとう、またね、と言って茜は地下鉄の大通《おおどおり》駅で別れた。

雪緒の方も似たような言葉を返しただけで、本当は身体に気を付けてくださいねとか頑張ってくださいねとか色々言うべき言葉はあったのに一つも口にできなかった。

口をぱくぱくしていたら、茜は振り返って、また手紙書いてよね、と言ってきた。

だから雪緒はその言葉に甘えて、推敲《すいこう》の上手紙をしたためることにして、今は笑顔で手を振るだけで許してもらった。

茜と別れた後、大通公園付近の地下道で、雪緒は見慣れた長身の頭を見つけ、思わず目で追った。隣には小柄な女性が並んでいる。ユウと千春だ。

彼らは楽しそうに何事か話しながら、階段を上って地上の出口に向かって行った。

雪緒は本当は買い物をして帰るつもりだったのだが、なんとなく歩きたくなって、そのまま地下道を少し歩いて、狸小路《たぬきこうじ》に出た。

そして、アーケードの下をのんびりと歩きながら、夏休みの夕暮れを楽しんだ。

•第三話•　モアイ像とおはぎ

窓から入って後方へ流れていく風に、湿った緑の匂いが混じるようになっていた。

雪緒はくま弁から概《おおむ》ねまっすぐに南下してきた。豊平川《とよひらがわ》をミュンヘン大橋で越え、平《ひら》岸通《ぎしどおり》を走っている間は住宅街の中だったが、南に下るにつれて道路の両脇に緑が迫るようになった。途中で資材置き場を囲うフェンスが現れた他は、笹で覆われた地面から、シラカバやミズナラの木々が延々と枝を伸ばしている。

見頃にはまだ早いが、徐々に葉は黄色に色づき始めている。

そして突き当たりのT字路で左にハンドルを切ると、左手にいきなりそれが現れた。

石でできた、巨大な人の顔。

モアイ像……の模造品だ。

左手にはモアイ像とともに立派な門柱が出現する。それが霊園の入り口であり、中に入ればモアイ像だけではなくストーンヘンジも見られる。石というただ一つの共通点で、モアイ像もストーンヘンジも墓石もここにある。

ここは真《ま》駒内滝野《こまないたきの》霊園。

雪緒も何度かそばを通り過ぎたことはあるが、訪れるのは初めてだ。

依頼主から指示された通りにこの立派な門柱を横目に通り過ぎ、その先でまた左に曲がる。少し行くと案内板があったので、それに従って霊園の駐車場に入った。

依頼の電話を受けたのは雪緒だ。

『彼』の——木村菊彦《きむらきくひこ》の声は、今も耳に残っている。

雪緒がユウから配達用の弁当を受け取った時、厨房《ちゅうぼう》と休憩室で店の電話が鳴った。

ほとんど同時に、客が店頭からユウを呼ぶ声が聞こえてきた。

雪緒は自分が休憩室の電話を取り、ユウに客の対応をしてもらった。

はい、くま弁ですと言った直後、雪緒は異変に気付いた。

荒い息遣いが、受話器越しに聞こえてくる。電話口の相手は乱れた息を懸命に整えようとしていたが、やはり息の音が混じって声は聞き取りにくかった。

『あの……届けて欲しいものがあるんです……』

彼は木村菊彦と名乗った。

雪緒はあまり店頭に立たないので店の常連といっても知らない場合も多いのだが、菊彦はその例外で、何度か顔を合わせたことがあった。

木村菊彦は、三十代前半くらいの男性だ。店に立ち寄る時はだいたいスーツ姿で時刻も十九時以降。おそらく会社帰りなのだろう。

たまたま雪緒が弁当を受け取りに厨房に入った時、カウンターの前に彼がいて、お勧めを訊《き》かれたから蓮根《れんこん》の挟み揚げ弁当を挙げたら、買っていってくれたことがあった。

優柔不断だからなかなか決められなくて、と自分で言っていた。そういえば、よくカウンター前で悩んでいる姿を見かけた。

『ただ、届け先……自宅じゃなくても……いいですか……』

菊彦の声に混ざって、近くで話す他の人の声も聞こえる。そちらの方が大きいくらいで、雪緒は耳を受話器に押し当てるようにして菊彦の声に集中しようとした。

「はい、お届け先はどちらでしょうか？」

『霊園なんです……』

「え？」

彼は痛みを堪《こら》えるように呻《うめ》きを漏らし、それから答えた。

『滝野霊園に、おはぎを届けて欲しいんです。配達料も、払います……おばのお墓に……明日《あした》が、命日で……』

思わぬ依頼に、雪緒は数秒絶句してしまった。

菊彦はお墓への道のりを説明した後、続けて言った。

『お供えしたおはぎは、渡して……ください』

「どなたにですか？　あの、木村様？　大丈夫ですか？　お加減悪いのでは……」

『大丈夫……三時……くらいに……いると思うので。代金は、僕が後で払います……。必ず……渡してください、幽霊に……』

「ゆっ、幽霊ですか？」

思わず雪緒の声が裏返った。冗談か、悪ふざけかと思ったが、菊彦の声は恐ろしいほど真剣で、切実なものを感じさせた。

『それが本当に、心残りで……』

そう言った途端、彼は苦しそうに呻き始めた。

心配した雪緒が呼びかけても返事はなく、最後に、なんと言ったのかもわからないくらいか細い声が聞こえて、電話は切れた。たぶん、よろしく、とか、お願いします、とかいう内容だろうと思う。

雪緒は呆然《ぼうぜん》として、それから、いや、本当に色々大丈夫か？　と心配になった。

その時背後の襖《ふすま》が開いた。

雪緒がびくっと震えて振り返ると、千春が立っていた。

「あ、雪緒さんお疲れ様」

相変わらず親しみやすい笑顔を雪緒に向けてくれるが、雪緒の向けた顔は引きつっていたと思う。

「今、木村様からお電話がありまして、配達のご依頼なんですが……」

「へえ？　木村菊彦さん？　配達は初めてだな〜。それで、どこに何を？」

普段なら電話中に書いていたメモを渡すところだが、雪緒は動転してまともなメモを取っていなかった。

「あの……明日、滝野霊園に……おはぎを……とのことでした」

「え？」

千春はまだ笑顔だった。状況を理解できていないのだ。

雪緒は、説明の前に唾《つば》をごくりと飲み込んだ。口の中がからからに渇いていた。言葉にすることで、あの電話が現実のことだったと認めてしまうことになるような気がして、なんとなく空恐ろしかった。

「明日の命日におば様のお墓におはぎをお供えして、その後幽霊に渡して欲しいとおっしゃってました。具合が悪そうで、それで切れてしまいました」

あまりの事に千春も絶句してしまった。

その後とにかくもう一度依頼内容と菊彦の健康状態を確認したいと折り返し電話をしたのだが、菊彦がたった今かけてきた電話番号は電波が入らないか電源が切られている状態で通じず、それ以外の番号は千春もユウも知らなかった。

その後、雪緒が配達を終え、店の客もある程度捌《さば》き終えたところで、菊彦の依頼について休憩室で再度話し合うことになった。

「申し訳ありません」

雪緒が開口一番そう言って頭を下げようとすると、千春は慌ててそれを押しとどめた。

「何言ってるの、雪緒さんのせいじゃないよ」

「しかし、私が動揺して詳しくお話を聞けなかったせいで……」

「いや、私も同じ状況だったら動揺してぽかんとしちゃうから……それに、向こうから電話切れちゃったんでしょ？　どうしようもないよ」

ユウもそれに頷《うなず》きながら言った。

「木村菊彦様は確かにうちの常連様です。第三者が木村様の名前を名乗って悪戯《いたずら》をしている……ということも考えられますが、可能性は低いでしょうね。雪緒さんも声を聞いていますし」

「あの、木村様、すごく苦しそうでした。どこかお悪いのかもしれません」

雪緒の言葉を聞いて、千春が、あ、と声を上げた。

「もしかして病院にいるとか？　ほら、すぐかけ直したのに携帯電話の電源切れてたみたいだから」

「ああ……そうかもしれませんね。電話の間、他の人の声も聞こえていました。談話室とか、そういう場所なのかも」

思い返してみると、最後に電話が切れる前、木村さん、大丈夫ですか、という声が聞こえた気がする。そばにいたか通りかかった看護師か知人が、心配して声をかけたのだろう。

そう説明すると、考えている様子だったユウが口を開いた。

「病院だとすると、何があったにせよ必要な医療は受けているでしょうし、そうでなくともお名前を呼ばれたということはそばにいる人に助けてもらえているでしょう」

少なくとも、店に電話もできたのだから、入院しているにしても今の菊彦の状態はそこまで悪くないのかもしれない。その点にひとまず雪緒は少し安堵《あんど》した。

「しかし……幽霊ですか」

そう、最大の問題はそこだ。

「三時って言われたんですが、夜の三時でしょうか……」

幽霊だから現れるなら夜だろう。だとすると、真夜中に霊園へ行くことになる。さすがにそんな時間に墓地に行ったことはなく、想像して薄ら寒く感じてしまった。

だが、それは千春に否定された。

「いや、夜は霊園が開いてないから入れないよ。十五時のことだと思う」

それはそれで疑問が出てくる。

「……十五時に幽霊はいるんでしょうか」

「……どうだろう……？」

雪緒の疑問に、千春も首を捻《ひね》り――いやいや、とその首を横に振った。

「そもそも、何時だろうと幽霊がいるって考えるのは……どうなのかな。木村さんは本気でそう信じてるの？」

千春に訊かれて雪緒は首を傾げた。

「どうでしょう……幽霊に渡して欲しいとおっしゃってましたが、幽霊がいるかもとか、いないかもとか、そういう話ではなく、そこに幽霊がいるというのはもう事実として考えているというふうにも聞こえました」

「じゃあ、こうしよう。我々も幽霊がいるとして行動しよう」

　ユウが、きっぱりとそう言った。

「えっ……」

　千春は困惑した声を上げ、隣に座るユウの顔をまじまじと見る。

「……じゃあ、本当におはぎを幽霊に渡すってこと……？」

「まあ、そういう前提で行動するということだね。いなかったら持ち帰るしかないと思うけど」

　墓にお供えをそのままにしておいてはカラスに荒らされてしまう。大抵の霊園ではお供えの持ち帰りは規則で決まっている。

　勿論《もちろん》、届けるのは雪緒なのだから幽霊に渡すのも雪緒だ。

　これまで三十年足らずの人生で、特に心霊現象的なものに遭遇したことはない――せいぜい、家鳴りがちょっとするとか、金縛りに遭ったとかいう程度のことだ。家鳴りは建材の収縮のせいだろうし、金縛りは疲れていただけだ。科学的に説明できる。どちらの時も布団を被《かぶ》って怯《おび》えながらインターネットで調べたから大丈夫だ。

　だから、幽霊だっていないし、雪緒の仕事は、お供えしたおはぎを持ち帰ることなのだ。……たぶん。

　雪緒は咳払《せきばら》いをした。まだ喉《のど》が変な気がしたからもう一度。

「滝野霊園は配達範囲外ですけど、それはどうします？」

普通の声が出た、と思う。

雪緒の言葉に、千春たちは、揃って、そういえばという顔をした。

「そうだったね……」

「どうしましょうね。配達するにしても配達費が高めになっちゃいますね。なんとかもう一度連絡が取れればいいんですけど……明日《あした》の朝もう一度確認の電話はしてみましょうか」

「あの、連絡がつかなくても、配達していいでしょうか？」

雪緒は思い切ってそう言った。

こういうことに口を出していいのか、そもそも電話を受けた自分がまともに応対できなかったのが悪かったのではないか……と思いつつも、どうしても言っておきたかった。

ユウが穏やかな表情で、興味深そうに確認した。

「雪緒さんは配達した方がいいと思うの？」

「はい。配達圏外ですし、考えてみれば時間外ですが、私は行けますので。それに……」

それに、お供えしなかったことで『何か』が起こったら？

雪緒は口にこそ出さなかったが、そう思ってしまった。

幽霊が……もしも、万が一、仮に、幽霊がいるとして、おはぎをお供えできなかったら、ものすごく恨まれたりするのでは？　雪緒は頭に浮かんだその考えをなかなか振り払えなかった。

　はっと気付くとユウも千春も雪緒を見ている。自分の言葉を待っているのだ、と気付いて、雪緒は慌てて言った。

「そ……それに、あの、木村様、すごく苦しそうでしたが、必死に電話で配達のことを伝えようとしていて……きっと、とても大事なことなのだと思います。お届けできなかったら、がっかりさせてしまうでしょう」

　雪緒は咄嗟《とっさ》にそうごまかした。ごまかしたと言っても、勿論本心からの言葉だ。

　ユウは頷いて同意してくれた。

「そうだね、木村様が元気になってお店にいらした時に、おはぎを届けられなかったと知ったら悲しまれるだろうね。お身内の方の命日のお供えというのならなおさらだと思う」

　それからユウは、ぽつりと付け加えた。

「きっとこれまでもお供えしてたんだね」

　え、と聞き返す千春に、ユウは微笑みかけた。

「実は、これまでも木村様はおはぎを毎年この時期に買っていたんだ。こし餡《あん》ときなこのおはぎをね」

　くま弁もお彼岸にはおはぎを売るが、粒餡だったはずだ。こし餡ということは、わざわざ指定して作ってもらっていたのだろう。

　毎年の特別なおはぎ……決まり事……死者との取り決め……たぶん、そういうことを変えてしまうのは、こう……心霊ものの映画とか本とかで絶対ろくでもないことになる展開だ。むしろ惨劇の導入部分だ。

「もし、雪緒さんが行ってくれるのなら、お願いしてもいいかな。往復で結構かかると思うけど……」

雪緒は一も二もなく引き受けた。

「大丈夫です。店からだと往復で一時間くらいですね。三時に間に合うように行って、お供えして戻れば、その後の宅配の仕事も問題ありません！」

「配達費結構上がっちゃうと思うけど、納得してもらえるかな」

千春は心配そうだ。往復一時間かかるということは、当たり前だがおはぎの代金以外にもその分の雪緒のバイト代と往復のガソリン代がかかるということだ。

「私、別に今回は無給でも……」

「そういうのはダメだよ！」

雪緒なりに責任を感じていたのでそう申し出たのだが、千春は憤慨している。

「お給料は払いますし、木村さんにも納得していただけるようお話しします。それはこちらの仕事なので、心配しないでお届けしてきてね」

「はい……ありがとうございます」

千春たちは雪緒のことを一緒に働く人間としてきちんと大事にしてくれている。それがわかるので、雪緒は感謝を込めて頭を下げた。

ふと疑問が胸に過《よ》ぎり、雪緒は下げていた顔を上げて二人に尋ねた。

「幽霊って、どなたの幽霊なんでしょう？　お名前とか、ご確認してお渡しした方がいいですよね」

「名前……」

千春も困ったような、難しそうな顔で考え込んだ。

「木村様のおば様のお名前では？」

「あ、そうですね。お墓への行き方は教えてくれたんですが……ああ、草野《くさの》芽衣子《めいこ》さんですね。そうだ、それだけはメモしたんですよね、混乱しててこれしかメモできなかったんですけど……」

雪緒は電話の横に置いてあるメモ帳の一番上を切り取り線でちぎって、千春たちに渡した。

「草野家のお墓で、墓誌にこの方のお名前もあるそうです」

「じゃあ、幽霊の方にお名前を確認して……お渡ししてください……？」

千春はそう言いながらも、違和感を消化できない様子で眉間《みけん》に皺《しわ》を作っている。

「千春さんの気持ちもわかるけど、もうここは思い切ろう。そんなに苦しそうな状況でも予約していただいたんだし、お供えだけでもしよう。明日は時間外で遠出させて悪いけど、よろしくね、雪緒さん」

ユウに言われて、雪緒は、はい、と答えた。むしろユウにそう言われてほっとした。

幽霊が現れるかどうかはわからないが、美味《おい》しいおはぎをお供えして、菊彦の代わりに手を合わせるのだ。

くま弁のお弁当を届けるというのはいつもと同じだ。

雪緒は自分にそう言い聞かせた。


雪緒はふと、花を持ってくればよかったなと思った。

掃除のための雑巾《ぞうきん》は持参し、ロウソクやお線香の類《たぐ》いも用意して来たが、通りすがりの墓に花が供えてあるのを見て、花を忘れていたことに気付いた。

お彼岸からずれた平日だったからか、園内や駐車場が混雑していることもなく、よく手入れされた墓が整然と並ぶ中を、ゆっくりと歩く。

秋の空気は澄んで冷涼だったが、雲はまばらで、歩く背中に陽の温《ぬく》もりを感じられた。

正直、ここに来るまではいったい何が起こるのかと緊張していたが、実際に霊園に入ってみると、まったく恐ろしいとか怖いとかいう感情は湧いて来なかった。死者がただ静かに眠るだけの土地だ。それを怖いと思うのは、失礼なことであるような気さえして、申し訳なくなったくらいだ。

明るい日差しに包まれて、緑もよく手入れされて美しい。こんな場所に幽霊が出るなんて、想像できない。きっと死者たちは皆、それぞれのあるべき場所で穏やかに過ごしているに違いない。

雪緒はふと足を止めた。周囲を見回し、ちょっと戻る。

そして、また周囲を見回し、呆然《ぼうぜん》と呟《つぶや》いた。

「迷った……？」

いや、正確にはたぶん迷ってはいない。帰り道はわかる。

目的地にいつまでも辿《たど》り着かないだけだ。

電話口でざっと道順を聞いただけでこの広大な霊園にいきなり来たのは間違いだったかもしれない。見回しても似た墓石ばかりでどれが目指す場所なのかさっぱりわからない。

いやいや、まだ大丈夫と自分に言い聞かせる。

確か管理事務所があって、そこに行けば故人の名前から墓の場所を教えてもらえるはずだ。

管理事務所……。

雪緒は周囲を見回した。

紅葉し始めた木々に囲まれ、ひたすら墓が整然と並ぶ。くま弁のある辺りより紅葉の進みが早い。札幌市の郊外であり、山も近く感じる。

……さて、管理事務所はどこだろうか。

そろそろ約束の三時になろうとしている。

忘れていた恐怖がじわりと胃の淵《ふち》からこみ上げてくる。三時に届けられなかったらどうなるのだろう——五分過ぎたら？　十分過ぎたら？　誰かを、幽霊を待たせたらどうなるのだろうか？

その時突然、雪緒のスマートフォンが着信を告げた。雪緒はどきっとして心臓が潰《つぶ》れそうだった。

聞き慣れたメロディが短く鳴って切れる。電話ではなくメッセージの着信だ。

ポケットから取り出してスマートフォンを見ると、ユウからメッセージが入っていた。

ロックを解除してメッセージアプリを立ち上げた途端、雪緒は声を発した。

「あっ、地図！」

園内の手描きの地図が送られてきた。見ている間に、女性の遺影を撮った写真も続いた。

最後にユウのテキストメッセージが届く。そこには、先ほど菊彦からメールがあって、園内の地図と遺影の写真が送られてきたので、雪緒に転送した、と書かれていた。遺影は菊彦の伯母《おば》のもので、若い頃の写真だが亡くなったのはもう少し歳を取ってからだという。ちなみに菊彦は皆の想像通りやはり入院中らしいが、今は安定しているようだ。

菊彦の文面通り、遺影の女性はまだ二十代くらいだろうか。卵形の顔に、ぽってりとした唇。切れ長の目。洋装で、ブラウスの襟が見える。微笑んでいるものの、どこか悲しそうにも見えた。

そういえば、伯母というだけあって菊彦と顔立ちが似ている気がする。眩《まぶ》しそうに細めた目元の感じが、特に。

この女性がさらに歳を重ねた様子を想像してみる。痩《や》せたり太ったりすれば顔の輪郭も変わるし、難しい。髪型やメイクの好みや流行も変わるだろう。

だが、目元のほくろは手術で取ったりしない限り特徴として残っているはずだ。

亡くなった頃の『芽衣子さん』の姿をなんとなく頭に浮かべたところで、雪緒は我に返った。そもそも、幽霊なんて存在しないのでは？

いや、とにかく、今はそれどころではない。雪緒は急いで地図を頼りに来た道を引き返した。

永遠に辿り着けないような気がしていたが、ほんの五分も歩くと目的地だった。

確かにそこには『草野家』と刻まれた御影石《みかげいし》の墓石があり、傍らの墓誌には草野芽衣子という名前が刻まれている。

辺りを見回すが、幽霊……らしき人影はない。

当たり前だ。

雪緒はほっとして、墓に向かって手を合わせてから、借りてきた桶《おけ》からひしゃくで墓石に水をかけ、硬く滑らかな御影石の表面を拭《ふ》き始めた。

ざっと墓が綺麗《きれい》になったところで、玉砂利の隙間から生えてきた草を抜く。抜いた草を捨てて手も洗って戻ってきてから、風に四苦八苦しながらロウソクに火を点《つ》け、線香に火を移す。長くたなびく煙を上げるそれを香炉に刺して立て、おはぎをお供えし、改めて墓石に清らかな水をかけると手を合わせた。

おはぎをお届けに来ました、お口に合えば幸いです、と心で念じて、顔を上げる。

勿論《もちろん》、そこにあるのは御影石の墓石だけだ。

――いや。

雪緒は勢いよく背後を振り返った。

墓に至る石段の手前に、女性が一人立っていた。

歳は四十代くらいだろうか。白いブラウスに黒いカーディガンを羽織り、グレーのロングスカートという格好だ。髪は緩くまとめてあり、ほつれた一筋の髪が頬にかかっている。どこかぼんやりとした切れ長の目は、悲しげに見える――あの遺影のように。

その目元には、確かに遺影と同じ位置に、ほくろがある。

それは、雪緒の頭の中にあった『幽霊』の姿とそっくりだった。

古い写真を使った遺影は白黒だったから、服装の色味のなさも肌の白さも遺影のイメージそのままだった。

目が合うと女性は雪緒に会釈した。衣擦《きぬず》れの音もしない綺麗な会釈だった。

その途端、風が強く吹いた。目にゴミが入りそうで、雪緒は目を細めた。太陽が一瞬で隠れ、辺りが薄暗くなった。日没にはまだ二時間ほどあるのだが、一気に黄昏《たそがれ》時になったような暗さだ。日が陰った途端、気温がぐっと下がった。鳥肌が立つ。

雪緒がなんとか目をこじ開けた時、女性は髪を強い風で乱しながら、墓石の方をじっと見ていた。おはぎを見ている、と気付いて、雪緒はさっと青ざめた。

急いで、お供えしていたおはぎを取って女性に両手で差し出した。

「くっ、草野芽衣子様でしょうか！　お待たせいたしまして申し訳ありません！　おはぎでございます！」

一息にそう言って、頭を下げる。これ以上目を合わせたり顔を見たりするのが怖かった。おはぎを差し出す手が震えていた。

だが、いつまで経っても返事がない。おはぎを持っていってもくれない。

雪緒は恐る恐る顔を上げた。

女性は、困惑気味の表情で、まだそこに立っていた。

彼女はゆっくりと一つ瞬《まばた》きをして、唇を開いた。

「芽衣子は、母です」

――あっ。

雪緒は別の意味で青ざめて、改めてまじまじと女性を見つめた。

確かに色白だが、頬や唇にはきちんと健康的な色が乗っている。足もあるし、身体のどこも透けていない。服装だって、普通に現代らしいデザインだ。彼女は強風で乱れた髪を直し、目にゴミが入ったのか瞬きを繰り返している。幽霊の髪は風で乱れたりしないだろうし、目にゴミも入らないだろう。

やらかしてしまった。

勿論、この人は幽霊ではないのだ。

「もしかして、私のこと母の幽霊だとでも思いましたか？」

「あっ、いえっ、その……」

なんとかごまかさなくては——雪緒はまだ混乱する頭で色々な言い訳を考えたが、結局何も出て来ないまま、もう一度頭を下げた。

「た……、大変失礼致しました！」

「いいですよ、気にしないでください。よく似ていると言われてたんです」

そう言われて顔を上げると、女性は相変わらず特になんの表情も浮かべないまま、雪緒を見ていた。

「あなたは母をご存じなんですか？　……いえ、お若いですから、写真を見たんですね」

「あ、はい。あの、木村菊彦様からのご依頼で、遺影を拝見しました」

「あら、菊彦の？　菊彦が……ええと、そのおはぎを？」

「はい。木村様はおはぎを伯母様のお墓にお供えして、その後は幽霊に渡して欲しいとおっしゃって」

「幽霊？」

「三時にこちらにいると言われたんです……」

説明しながら、雪緒は自分でもどうかと思ってしまった。三時にいたから幽霊だと思った？　遺影と似ていてびっくりした、の方がまだ理由としてマシでは？

「…………今日は母の命日です。菊彦が来ないのなら、今日ここに来るのは私だけだと思います」

女性は淡々とそう言った。

「でも、菊彦がおはぎを渡したかったのは、私ではないと思います。菊彦が私に託すとは考えにくいので」

何か事情がありそうだが、声は硬く、拒絶するようだ。初めて会った相手でもあり、詳しく尋ねるのも躊躇《ちゅうちょ》してしまう。

女性は墓に目を留めた。

「……お墓のお掃除、してくださったんですか？」

「はい」

「それはありがとうございます。あの……代行業者の方、ということでしょうか」

そこで雪緒は、自分が名乗ってもいないことに気付いて、あっと声を上げた。

「失礼しました。くま弁という弁当屋の者です。久万《くま》雪緒と申します」

「そうですか、お弁当屋さん…………」

ふと、女性はそこで言葉を切って、何やら考え込んでいた。

それから、もう一度雪緒に確認する。

「お弁当屋さんが、お墓の掃除もして、お参りもしてくださったんですか？」

「はい……私は配達を担当しています」

「それは通常のサービスではありませんよね……？」

「ありませんね……」

女性は深々と頭を下げた。

「それは申し訳ありませんでした……菊彦がご無理を言ったんですね」

「えっ、いえいえ、そんなたいしたことはしていません。元々綺麗なお墓でしたし」

「でも、本来の業務外のことですよね？　菊彦、いったいどうしてこんなことをお願いしたんですか？　お弁当屋さんにお供え頼むとか、幽霊だとかも……」

「ああ……その、ちょっと切羽詰まっていたみたいで……」

「どういうことでしょうか」

風がまた強く吹いて、太陽を隠していた雲が流れていく。雪緒は首の後ろに陽光の温《ぬく》もりを感じながら説明した。

「木村様、入院されているんです」

しばしの沈黙ののち、女性の顔色がさあっと青ざめた。目を見開き、息を呑《の》んで、彼女は一歩雪緒に近づいた。腕を掴《つか》まれでもするかと思ったが、そんなことはなかった。

「入院って、どうかしたんですか」

「すみません、私も詳しいことは知らなくて……お電話いただいた時、とても具合が悪そうだったんですが、さっきもう一度連絡が来て、入院していると聞きました。でも、今は安定しているとのことです」

「そう……そうですか」

女性は震える手を胸の前できゅっと握りしめた。なんとか自分を落ち着かせようとしている。幽霊扱いされた時でさえ驚きや怒りといった感情を見せなかったのに、今は震えを抑え込むのに苦労している。

結局彼女は墓に至る石段に座り込んでしまった。

そして、顔を手で覆い、その指の隙間から長く細い息を吐いた。


どうぞ、と言って雪緒は自販機で買ったお茶を差し出した。

「どうも……」

受け取った女性は温かなペットボトルを両手で持った。手の中で回し、温度を感じている。

「すみません、お見苦しいところをお見せしました」

まだ動揺を処理し切れていないのか、女性の声は震えていた。もしかしたら、寒いのかもしれないが。風が出て、少し冷えてきた。

女性は草地の中の四阿《あずまや》に移動して、ベンチに腰を下ろしていた。園内道路を隔てて草野家の墓も見える。黄色や赤に染まった葉が、青空に鮮やかだった。

「あなたは、この後どうされるんですか？」

女性に話しかけられ、景色をぼんやり眺めていた雪緒は我に返った。

「そうですね、ええと……しばらく待ってみます」

「ここで？　幽霊を待つんですか？」

「そうなりますね。時間は過ぎてしまったんですが……もう少し、いられるので」

三時に現れる幽霊に会うためにやってきたが、すでに約束の時間を十五分過ぎている。ここからなら草野家の墓も見えるため、もし誰かがやってきたとしてもすぐに駆けつけられる。雪緒はおはぎを入れた配達用のバッグを四阿のテーブルの上に置き、女性の向かいのベンチに腰を下ろした。

しかし、正直午後三時の幽霊はこの女性ではないか、とも思う。三時に墓の前で会えたし、故人とよく似ている……それとも、まさか本当に幽霊がこの後現れるのか？

「私も一緒に待っていいですか」

女性はペットボトルのお茶を一口飲むと、そう言った。

「ええ、勿論《もちろん》。でも、どうしてですか？　幽霊に会うため……ではないですよね」

「会えたらいいんですけどね。でも、今はただ、このまま帰るのが、なんだか怖くて」

縋《すが》るような、どこか心細そうな声だった。

なんと言っても、彼女はついさっき、身内の入院を知らされたばかりなのだ。不安になってしまっているのだろう。

せめて気持ちが落ち着くまでは、誰かのそばに……あるいはこの墓のそばにいたかったのかもしれない。

雪緒はしばらく黙って草野家の墓を見ていた。長い時間が経ったような気がしたが、時計を見たらまだ五分しか経っていなかった。

雲が動いてまた日が陰った時、雪緒は、あの、と切り出した。

「すみません。さっき、幽霊扱いしてしまって……」

「ああ、いいんです。貴重な体験ができました」

「えっ？」

「震えながらおはぎを差し出されたのなんて初めて。本当に幽霊になった気分でしたよ。そうね、もし私が幽霊なら、ああいう気分なのね。……そういえば、菊彦も私にお花を差し出したんです」

時間を潰《つぶ》したかったからか、ただ思いついたからかはわからなかったが、女性はぽつぽつと話し始めた。

「あの子が七歳の時。ここで初めて会いました。でも、あまりに私が遺影の母に似ていたからかしら、菊彦ったらびっくりして、腰を抜かしながら、持っていたお供えのお花を差し出してきたんです。そうそう、私のこと、芽衣子おばさんの幽霊ですかって。菊彦のお母様は焦ってたけど、私おかしくて、笑っちゃったんです。それから、菊彦ったら、私が幽霊じゃないってわかって恥ずかしくなったのか、怒って全然口きいてくれなくなっちゃって。私がお供えしたおはぎ、勝手に食べちゃったんですよ。私、もう呆気《あっけ》にとられて、叔母《おば》さんは怒るし……」

　黙っていたら不安がこみ上げてきてしまうというように、彼女はしゃべり続けた。

「あのくらいの子どもって、面白いですね。怖がりで、プライドが高くて、すぐふて腐れて……でも、帰り際にはさようならって言って手を振ってくれて。今の菊彦はどうなんでしょうね。さすがにもう幽霊なんて信じていないって思ってたんですけど……でも、『幽霊』に渡してくれなんて言ったんでしょう？　何を考えていたのかしら……」

　青空を見上げ、墓を見やった彼女は、ふとその目を雪緒に向けた。

「菊彦は電話で宅配をお願いしたそうですけど、もっと詳しく伺っても良いですか？　本当に、三時にここに幽霊が来るって、彼言ったんですか」

「はい。幽霊に渡してくれ、三時にここにいる、とおっしゃってました」

「菊彦ったら……」

　女性は長々と息を吐いた。

「お弁当屋さんに霊園まで配達をお願いして、しかもお供えしてそれを幽霊に届けろなんて……むちゃくちゃですよ」

「あの……たぶん、具合が悪くて、色々ご自分でもよくわからないまま頼んでいたのではないかと……思います」

「それにしたって……」

同じ言葉の繰り返しになると思ったのだろう、女性はそれ以降の言葉を飲み込むと、すみません、と謝ってきた。

「菊彦がご迷惑をおかけしました」

「いえいえ、そんな……」

雪緒はそう言ったが、女性は申し訳なさそうな顔で提案してきた。

「……もしよかったら、私におはぎを預からせていただけませんか？　私が預かるのは菊彦としても本意ではないかもしれませんが、たとえそうだとしても、私が文句を言わせませんので」

「えっ、いえ、そんな……」

雪緒は驚いて言葉が出てこなかった。

ありがたい申し出だ。礼を言って、それではお願いしますとおはぎを託すべきだ。

雪緒の仕事は、これでおしまいだ。

……本当に？

いったいこのおはぎがなんなのか、雪緒にもこの女性にもわからないままなのに？

「あの！」

雪緒は思わず大きな声を出してしまった。

女性は少し驚いた様子で雪緒を見つめた。

「何か……」

「質問をしてもいいでしょうか。個人的な質問なので、差し支《つか》えがあればお答えいただかなくて結構です」

「……いいですよ」

「どうして、最初は自分ではないと思ったんですか？　木村様が自分に何か贈ることはないと、どうしてお考えになったんですか？」

女性は困惑気味の表情を浮かべて、雪緒を見つめていた。

思えば、初めて見た時は幽霊のように感じたというのに、菊彦について話すうち、その顔には色々な表情が浮かぶようになっていた。様々な感情の揺れ動きが感じられ、雪緒は彼女に親しみを抱くようになっていた。

「菊彦は私を嫌っていますから」

女性から出てきた言葉の強さに、雪緒はどきりとした。

女性はその目を墓に向け語り始めた。

「毎年ここで顔を合わせるのに、ろくに話もしなかったんですよ、私たち。まるで、お互い幽霊みたいに無視し合ってました。私、これじゃダメだと思って、ある年、お供えとは別におはぎを用意していって、それを菊彦に渡そうとしたんです。もしよかったら食べてくれないかって。そしたら、菊彦は立ち尽くして、首を振って、受け取れないって」

小さな声で、彼女は言った。

「もう話しかけないで欲しいって言われました」

本心じゃないですよ、きっと気にかけていたんですよ……と言うには、あまりにはっきりとした拒絶の言葉に、雪緒もなんと言っていいかわからなくなった。

「どうして……」

「さあ……たぶんですが、菊彦は私たちのことを恨んでいたのではないかと思います。私たちに……いえ」

何か言いかけたが、彼女は結局言葉を飲み込んでしまった。

「とにかく、菊彦には私を恨む理由があるんです。だから、たぶん、私と一切関わりたくなかったんだと思います」

でも、と雪緒はなんとか声を絞り出した。

「でも……あの、本当に嫌いな相手なら、時間をずらしたりするんじゃないですか？　いつも午後にここで会うなら、午前中にお参りすれば会わずに済みますし。それに、こうして何十年も伯母様のお墓参りに来ているのなら、伯母様を慕っていたということですよね……」

「母が死んだのは、菊彦が物心つくずっと前です」

えっ、と雪緒は声を出しそうになった。いくら親戚《しんせき》とはいえ、二十年以上も毎年命日に墓参りをするというのは、よほど世話になった相手なのだろうと思っていたのだが。

「もう今年で三十三回忌です」

ため息と一緒に彼女はそう呟《つぶや》いた。

　菊彦は三十五歳を過ぎているようには見えない。確かに三十二年前に亡くなった人物のことを覚えていることはなさそうだ。直接のつながりがないのなら、母親から墓参を頼まれているとかだろうか。いや……とにかく、そこは個人的な事情があるのだろう。

　どれだけ親身になって考えたとしても、結局部外者で、ろくに事情も知らない雪緒ではわからないことばかりだ。身内でわからないことが、雪緒にわかるわけもないのだ。

　だが、考えてみれば、事情をわかっているとしても、女性は菊彦とほとんど話したこともない。交わした言葉は雪緒の方が多いかもしれない。雪緒が知る菊彦は、優しそうな男性で、自分を優柔不断だと言っていた。それから——そうだ、おはぎだ。

「私にわかるのは、お店での木村様だけです。木村様が毎年うちでおはぎを注文されていて、それが毎回こし餡《あん》にきなこのおはぎだということと、今年木村様はご自分で来られませんが、これを午後三時の幽霊様に受け取ってもらいたいと思っている……ということです」

「こし餡にきなこ……」

　女性はそう呟いて、ハッとした様子でその視線をテーブルの上の配達用バッグに注いだ。

　雪緒はおはぎの袋を取り出すと、袋から容器を取り出して、女性の前に置いた。

　透明容器越しにもわかるが、香ばしそうなきなこがかかった大ぶりのおはぎが二つ並んでいる。

　それを前にして、女性は言った。

「前に菊彦に食べられたのも、菊彦に勧めて断られたのも、これです。私が、菊彦に教えたんです。これは、母が作ってくれた、母の好きなおはぎなんだって。一度だけ……菊彦が七歳の頃に」

「七歳？　随分昔ですが、覚えていたんでしょうか……」

　雪緒は驚いた。七歳の頃のことなんて、雪緒は大して覚えていない。

「それに……あの、毎年なんですか？　毎年おはぎを買っているのに、菊彦はここに持ってきたことありませんが……」

　確かに、毎年ここで会っている彼女が見たことがないのなら、菊彦はなんのために毎年この時期におはぎを買っていたのだろう。自分で食べるためか？　勿論《もちろん》、最終的には食べただろう。だが……。

「……もしかしてですけど、持ってきたけど渡せなかったという可能性はありませんか？」

「え？」

　菊彦は自分で自分を優柔不断と言っていた。

　ならば、用意して持っていっても、結局お供えもできず、従姉《いとこ》に渡すこともできなかった……ということもありそうな気がした。

「お二人の間にどのような事情がおありなのかはわかりませんが、でも、本心では交流したいと思っていらっしゃって、だからこそ、木村様もおはぎを毎年用意していたのかなと思いました。いえ、こんなこと想像で話すべきじゃないというのはわかるんですが……」

女性は呆然《ぼうぜん》とおはぎを見つめていた。

「でも……菊彦は私を拒絶したんです……」

「そうですね……でも、人間誰しも、心変わりをすることはあります……人を憎んだり恨んだりするのはエネルギーが必要なことですし、それを続けるのは大変です。些細《ささい》なきっかけで、気持ちが変わることもあります。お二人の間に何があったのかは存じませんが、過去に拒んだとしても、今はそうではない……ということも、充分考えられるのではないでしょうか」

「なら……私は、本当にこれを受け取ってもよいのでしょうか」

「私は、木村様はきっとあなたにこれを受け取って欲しいのだと思います。ですから、どうか、木村様のお気持ちを、受け取っていただけませんか？」

黄金色のきなこのおはぎ。

女性が何か言おうと口を開いたまさにその時、スマートフォンの着信音が鳴り響いた。メールやメッセージではなく、電話を知らせる着信音だ。出所は雪緒のスラックスの後ろポケットだ。慌てて雪緒は電話に出た。

「はいっ」

『あっ、あの、こちらくま弁の久万さんの携帯電話でしょうか？　ユウさんから聞いたのですが……』

　知らない番号からの着信だったが、聞こえてきた声ですぐにわかった。

「木村様でしょうか。お加減は……」

『そうです！　元気……ではないですが身体は大丈夫です。突然すみませんが、あの、幽霊呼ばわりしたことは本人には言わないでください！』

　あまりに切羽詰まった声だった。しかも大きい。こんな声を出せるということは、充分元気なのだろう。

　雪緒は恐る恐る女性の方を見やった。女性は呆気《あっけ》にとられた様子で雪緒を——というよりは雪緒が持つスマートフォンを見ていた。

　菊彦の声は、女性にもまるっと聞こえているのだ。

「あっ……あの、すみません、今、お会いしたところでして……」

『ええっ!?　いや、それ……えっ、ユリさんですか？　カサイユリさん？』

「あの、草野芽衣子様の娘さん……で良いのですよね？　すみません、もうほぼ伝えてしまっています……」

　わああ、とか、うわあ、とかいうような悲鳴が聞こえてきた。

　勿論その悲鳴は、女性——『カサイユリ』にも、聞こえている。

ユリは苦笑に似た笑みを漏らし、雪緒に申し出た。

「すみません、相手が菊彦なら、お電話代わっていただいてもよろしいでしょうか」

「えっ、あ、お待ちください……木村様、あの、ユリ様とお電話代わってもよろしいでしょうか」

『はっ、はい!?』

それは良いという意味なのか、聞き返しているだけなのか、雪緒にはどちらともつかなかった。

だから、雪緒は都合の良い方に解釈して、ユリにスマートフォンを渡した。

「どうぞ」

『待って!?』

菊彦の上擦った声が聞こえたが、すでに雪緒はスマートフォンをユリに渡していた。

「もしもし、木村菊彦さんでしょうか……」

ユリの声は、緊張ゆえか少し強張《こわば》っていたものの、彼女の口元には柔らかな笑みが浮かんでいた。

『はっ、はい、あの、カサイユリさん……でしょうか……』

「あ、旧姓に戻ったので今は草野ユリです」

『すみません……』

それから、二人は少し話をした。

雪緒は聞かないように離れた場所に移動して、秋空を結構な速さで流れる雲を眺めていた。

ユリは最初に身体のことを尋ねた。

「身体は大丈夫なんですか？」

たいしたことはないんです、と菊彦は恥ずかしそうに説明した。趣味の自転車で転んで、鎖骨を折ったというが、術後の経過は順調らしい。

そうか、自転車が趣味なのか。骨折は大変だが、声は元気そうで、ユリはほっとした。菊彦のことを一つ知ることができて嬉《うれ》しかった。

「それは、よかったです」

『いえ、はい、あの、すみません……』

「何についてですか？　……あっ、幽霊のことはいいんですよ。それより、おはぎ、私が受け取っていいんでしょうか」

『はい！　あの、ええと……お、美味《おい》しいところのなので……』

菊彦の声は上擦っている。ユリも緊張はしていたが、相手の緊張がわかるとむしろユリの方は落ち着いてきた。

「くま弁さん……でしたか」

『そうです、豊水すすきの駅の方の……』

嬉しいのだということを伝えたくて、ユリは極力柔らかな声で言った。

「きなことこし餡のおはぎのこと、覚えていてくれたんですね」

『あっ……はい』

そう言ったきり、菊彦は黙り込んだ。何か言おうとしている様子はあったので、ユリは言葉を待った。咳払《せきばら》いをした後、菊彦は、あの、と切り出した。

『すみません、実はずっと謝らないといけないと思っていて……』

特に緊張しているらしく、菊彦の声はこの会話の中で一番硬く、震えさえ感じられた。

『私は、あなたに話しかけないでほしいと言いました。あんなことを言ってしまって、本当に申し訳なくて……』

「……いえ、いいんです。菊彦さんが私たちを恨むのは当然のことだと思っています」

『そんなことないです！』

強く、はっきりと、菊彦は言った。まだ強張ってはいたが、震えてはいない。

『あれは……言い訳にしかなりませんが、あの当時、芽衣子伯母さんのことで……母と……喧嘩《けんか》になってしまっていて……』

菊彦の口から出る母という言葉に、ユリの方が勝手に身構えてしまう。芽衣子伯母さんという呼び方に、緊張してしまう。

だが菊彦はそれには気付かず、必死で説明した。

『とにかく、あの頃の私は母だけが自分の母なのだと自分にも周りにも認めさせたくて必死で、あなたに対して攻撃的になってしまったんです。あなたはただ、親切にしてくださっただけなのに。あなたを受け入れたら、母を否定するような気がして……そんなことは勿論ありませんし、そのせいで母と喧嘩になったんですが。私は確かに意固地になっていて、おろかでしたが、少なくとも、あなたを恨んではいないんです。それだけはどうしても、伝えておきたくて……』

「そう……ですか……」

　でも、恨まれても仕方ないのだ。仕方ないことを、自分たち家族はしたのだ。

　ユリはそう思っている。言葉にはしないが、その思いは声に滲《にじ》んでいたらしい。菊彦はさらに言い張った。

『本当ですからね！　捨てられたわけじゃないんだというのは、もう母から何度も何度も聞いていますから！　ユリさんたちのせいでは絶対にないんです。ただ、私が頑《かたく》なだっただけで……でも、もうそれもおしまいにしないといけないって思ったんです。何度も声をかけようと思って、でもできなくて、事故って、入院して、それでようやく、自分の心残りを自覚して、踏み出せたんです……』

「それで、私におはぎを？」

『か……返したかったんです。おはぎを食べてしまったの、覚えていますか？　七歳の頃に。それを返したくて』

「そんなことを気にしていたんですか？」

『物を返したかったんじゃないんです。気持ちを返したかったんです。優しくしてもらったのに、いつも……変な態度ばかりで』

菊彦に恨まれているのなら、理解しやすい。

だが、恨んでいたわけではないと言われて、ユリにはわからなくなってしまった。

『それとも……』

菊彦の声に涙が混じっている気がした。気のせいだ、とすぐにユリは頭の中で訂正した。三十過ぎた大人が、こんなことで泣くわけがない。

『もう、遅いんでしょうか』

だが、否定しようとしても、確かに菊彦の声には涙の気配が感じられた。彼は案外涙もろかったのかもしれないとユリは呆然《ぼうぜん》と考える。なんと答えたらいいのかわからない。頭がうまく働かない。

その時、ふとテーブル上に二つ折りにされた和紙があることに気付いた。そういえば、袋からおはぎを出した時に落ちたかもしれない。

ちらりと文字が見えた――幽霊様、と書いてある。

ユリは思わずその和紙に手を伸ばした。

一瞬、菊彦からの手紙でも入っていたのかと思ったのだ。

だが、違った。

幽霊様、という書き出しで始まってはいたが、それはお品書きだった。

十《と》勝《かち》産の小豆《あずき》と餅米《もちごめ》、大豆を使って、餅米はやや粗めに潰《つぶ》し、滑らかに練り上げたこし餡《あん》を包み、きなこをかけたという説明がある。読んでいるとおはぎを食べたくなったが、それよりユリが目を留めたのは、その横に書き添えられた短文だった。

幽霊様、あなたの心残りはなんですか。


ただそれだけの文章だが、それはユリの胸に深く食い込んだ。

菊彦は事故に遭って死を意識したのだろう。その時、ユリのことを心残りだと思ってくれた。だから、病院から弁当屋に電話してくれた。

もしも、自分がここで死んでしまうとして、やり残したことはなんだろうか。

自分の心残りは。

不意に、元気だった頃の母を思い出した。いつも笑っていた人だった。遺影の母はなんだか悲しげで、きっと菊彦はその母しか知らないのだと思うと切なくなる。結婚してからはいつも母がカメラを構えていたから、母自身の写真は実家にいた若い頃のものしかなかったのだ。

「……母が、生前に言っていました」

ユリはやっと口を開き、そう言った。

「血のつながりがあるからって仲良くしなくちゃいけないわけじゃないし、仲良くできるわけじゃない。だから別に仲良くしようとしなくていい。普通に接して、好きだとか、心地よいとか、嫌いだとか、そういう気持ちになったら……」

まさか自分がもうすぐ死ぬとは思っていなかった母を思い出し、ユリは目を閉じた。瞼《まぶた》の裏で、今の自分より少し若い母は微笑んでいた。

母のおなかには、彼女の弟がいた。

「あなたはあなたの気持ちを大事にしてあげてって」

いつの間にか、頬を涙が伝っていた。目を開け、歪《ゆが》む視界で、母の眠る墓を見やった。雲は流れて、また晴れ間が覗《のぞ》いていた。

「私、今、嬉しいです。菊彦さんが、私に関わろうとしてくれたこと。私の心残りも、あなただったから……」

電話の向こうで、菊彦は息を呑《の》んでいた。それからすすり泣いていた。やはり彼はよく泣く人なのかもしれないと思い、ユリは微笑み、頬を伝う涙を拭《ぬぐ》った。

お品書きをそっと胸に当てた。彼が書いたものではないが、彼の気持ちを感じられる気がした。

秋空の下、この電話の後で母のおはぎを食べようと思った。

時間が経っても硬くならないとはいえほのかに温《ぬく》もりの残るできたては格別だ。

熊野《くまの》特製のこし餡を包み、きなこをたっぷり振りかけて食べる。上品な甘さに塩気が効いていて、きなこの風味も香ばしい。ほんのりとした温もりと、甘さと、もっちりとした食感の組み合わせは、子どもの頃は勿論《もちろん》、今に至るまでずっとごちそうだ。

「美味《おい》しいです！」

雪緒は飲み込むや否や力強くそう言った。

千春はにこにこ笑いながら、自分の皿にずんだ餡のおはぎを装《よそ》っている。

「だよね～！　いっぱい作ってもらっちゃったからいっぱい食べてね！」

開店前のこの時間、雪緒はいつもユウたちと一緒にまかないを食べるのだが、雪緒がくま弁のおはぎを食べたいと頼んだため、今日のまかないはおはぎだ。

すり胡麻《ごま》を塗《まぶ》したものやずんだ餡で包んだものもある。枝豆は旬の頃に大量にもらって冷凍しており、それを解凍してずんだ餡を作ったそうだ。

雪緒も少し手伝ったが、今回大部分のおはぎを作ってくれたのは熊野だ。

熊野は雪緒と千春が美味しそうに食べるのを満足げに眺めながら言った。

「納豆絡めたのも美味しいよね。仙台《せんだい》で食べたことあるよ。作ろうかな」

「それ私も食べたいです。納豆持ってきます」

雪緒が納豆と皿を持って戻ると、話題は今日の配達のことになっていた。

「それで、幽霊はいたの？」

熊野にそう問われて、いやあ、と少し恥ずかしそうに千春が答えた。

「生きてる人間だったそうです……詳しくは雪緒さんから……」

「木村様のご親戚《しんせき》の方でした。亡くなった方によく似てらして、子どもの頃の木村様には幽霊みたいに思えたとかで……で、術後無理に動いて痛みだか麻酔だかで朦朧《もうろう》としている時に、そう口走ってしまったようです」

「まあ、良かったよ。ちゃんと届ける相手がいて」

「お口に合えば良いのですが。思い出の味だったそうなので」

ユウが胡麻のおはぎを皿に取りながらそう言った。黒胡麻をざっと擂《す》ったものに砂糖とひとつまみの塩を混ぜて塗している。次はあれを食べようと雪緒は心に決めた。

ユリからスマートフォンを返してもらった時に菊彦とも少し話したのだが、菊彦はサイクリング中に落車して鎖骨を骨折し、入院中とのことだった。手術は終えて数日後には退院できると言っていた。おかしな依頼をしてしまったことを何度も謝ってくれたが、その時は検査の時間が迫っていたとかで、あまり話せなかった。

「退院したら来てくれるって言ってましたよ」

雪緒はそう言って、ユウに倣って次の一個は胡麻のおはぎにした。

擂り加減が絶妙だから、胡麻の風味と口の中でぷちぷちという感覚とがちゃんと両立している。

できたてのおはぎはもっちりして、粒感も僅《わず》かに残っている。あまりたくさん残っているとおにぎりのようになってしまうが、完全に潰してしまうのもお餅《もち》のようで、雪緒はこのくらいの搗《つ》き方が好きだ。

おはぎとすり胡麻の風味を楽しみながら、雪緒は霊園を吹き抜けていった秋の風を思った。

退院後、菊彦が手土産を持って尋ねてきた。

店の前で雪緒の顔を見つけるなり、彼は深々と頭を下げた。

「この度はご迷惑をおかけしました」

時刻は二十二時だ。仕事を終えて帰る前にちょっと店の前に落ちていたゴミでも拾っておこうと、雪緒は箒《ほうき》と塵《ちり》取りを手に歩道に出たところだった。

「あっ、いえいえ、そんなことありません」

恐縮して頭を下げる雪緒に、菊彦は何やら紙袋に入ったものを差し出した。

「かりんとうです」

「あ、どうも、わざわざすみません……」

代金の支払いと礼と謝罪に来たという菊彦を、雪緒はひとまず店の休憩室に通した。

ユウが接客中だったので、そこでしばらく待ってもらうことになった。

「あ……お茶、よかったらどうぞ」

雪緒が勧めると、菊彦は、いただきます、と言って湯飲みに手を伸ばした。淹《い》れたてのほうじ茶にほうと息を漏らす。

「暖まりますね」

「今日は冷えますね。おけがに障りませんか？」

「大丈夫ですよ。でも、肩が動かしにくくて、リハビリに通っているんです。あの、今回は急なお願いだったのに、配達してくださってありがとうございました」

菊彦に改めて礼を言われて、雪緒は再び恐縮した。

「いえ……あの、正確なお値段を事前にお伝えできなくて申し訳ありませんでした」

「ああ！　こちらこそ、あの時は本当に……わけのわからない電話だったと思うんですが、対応していただけて感謝してます。しかも、普段は配達しない距離だったって後から知って……すみませんでした」

「最初は誰に届けるのかわからなくて不安もあったんですが、無事正しいお届け先に届けられたようで、安心しました」

しばらく逡巡《しゅんじゅん》した様子も見せたが、菊彦は出されたお茶を見つめて、切り出した。

「……実は、先日お供えしてもらったお墓、あれは私を産んだ母のお墓なんです。母が亡くなった時、私は幼くて、母の妹夫婦の養子として育てられました。その時色々あって、実家と婚家が不仲になって……両家の交流がなくなってしまいまして。年に一度の墓参りだけが、産みの母の婚家との……姉との接点でした。ずっと、色々謝らないとって思っていたんですが、やっと、今回ちゃんと話せたんです。雪緒さんのおかげです。ありがとうございます」

菊彦はかしこまってもう一度頭を下げた。雪緒は慌てて自分も頭を下げた。

菊彦は嬉《うれ》しそうだった。

「来年の墓参でまた会えるのが楽しみなんです」

その菊彦の言葉に雪緒はえっと声を上げてしまった。

「来年の？　来年まで会わないんですか？」

今度は菊彦がえっと裏返った声を上げた。

「いや……会う理由もないので……」

「別に、理由がなくても会っていいんじゃないですか。会いたいっていうだけで」

「そ……それは、そうしたい気持ちもありますが、相手に迷惑ではないかと考えてしまって」

迷惑などというふうには、ユリはきっと思わないだろう。菊彦について語る時のユリの表情を思い出し、雪緒はそう思った。

「きっと、木村様からの連絡が来たら嬉しいんじゃないでしょうか」

「そうだといいんですが」

その態度に、雪緒は少なからず驚いた。

菊彦は、ユリへのおはぎを雪緒に託したほどだから、今までしてこなかった交流をしたいのだと思っていた。

「……次に会った時は、きっと声をかけてくださいね」

菊彦は目を見開き――それから、随分経ってから、頷《うなず》いて言った。

「わかりました。必ず、次に会ったら、私から声をかけます」

優柔不断と自称する菊彦が、この時は曖昧《あいまい》な態度を見せもせず、はっきりと言った。

きっと、もう大丈夫なのだろう。

せっかく話せたのに年に一度しか会わないのは勿体《もったい》ないような感じもしたが、本人の決めたことだ。雪緒はそれ以上の口出しは控えることにした。

雪緒は彼を店の外まで見送った。

秋も深まり、夜風もいっそう冷たくなった。この数日の気温の下がり方は激しく、雪緒が滝野霊園に行った頃よりも、寒さは厳しくなっていた。

退院してすぐこの季候に放り込まれた菊彦は、寒さが殊の外堪《こた》えるようで、ぶるる、と身震いしている。慌ててマフラーを巻く彼の後ろに、雪緒は見覚えのある女性を見つけて、声をかけた。

「ユリ様」

「えっ」

菊彦が大きな声を上げて振り返る。今まさに店に入ろうとしていたユリが、雪緒と菊彦に気付いて微笑んだ。今日は仕事帰りらしく、スーツの上にコートを着ていた。

「あら、こんばんは。菊彦さんはもう大丈夫なんですか？　店員さんにもまたお会いできましたね。あんまりおはぎが美味《おい》しかったから今度はお弁当が買いたくて」

「そうでしたか！　それは何よりです」

「菊彦さんもありがとうございました。美味しかったですよ。母もきっと喜んでいると思います」

話を向けられて、菊彦は動転して咄嗟《とっさ》に言葉が出て来ない様子だった。

来年会えると言っていたのに、思いがけず今日会えて、嬉しいが心の準備ができていないのだろう。

「母も大好きだったんです。でも、私一人だとおはぎなんて全然作らなくなってしまって。今回は私も久しぶりに堪能《たんのう》しました」

「それは……よかったです」

菊彦はあからさまに表情も声も硬く、頭を下げる仕草もぎこちない。

「おけがの具合はどうかしら」

「あ、はい、もう随分よくなっています……」

「よかった。冷えるでしょう、大事にしてくださいね」

はい、と菊彦はまたぎこちなく頷く。

雪緒は見守っていてはらはらした。もう少し、こう、にこやかとまではいかなくとも、木で鼻を括《くく》ったような態度はどうにかならないものなのか。

「それじゃあ、元気で」

「はい、お元気で」

すれ違う時にも軽く会釈して、ユリは自動ドアを開けて店内へ入ろうとした。

その時、菊彦が雪緒を見やって、急にハッとした顔をした。何か思い出したというような顔だ——そういえば、ついさっき、次にユリに会ったら自分から声をかけるなんて約束を交わしたのだった。

菊彦は声をかけた。

「あのっ」

開いた自動ドアの前で、ユリは立ち止まった。自動ドアを閉めるために菊彦の方に戻ってきてくれる。

「どうしたんですか」

「今度一緒に飯でも食べに行きませんか⁉　あのっ、ご迷惑でなければ……両親の……話とか、ユリさんの話とか……」

「いいですよ、勿論《もちろん》。じゃあ連絡先交換しましょう」

そう言ってスマートフォンを出しながら、ユリは堪《こら》えきれない様子で笑った。

「幽霊って呼んでくれてもいいんですよ」

「いっ、言いませんよ、もう子どもじゃないんですから！」

顔を真っ赤にして菊彦が言うと、ユリはおかしそうに笑った。
秋の深まりとともに、夜の寒さは骨の随まで凍《い》てつかせるようなものになりつつある。
それでも雪緒は確かに温かなものを抱いて、店に戻っていった。

•第四話• まだ見ぬ未来の日替わり弁当

夕食は豚すき煮だった。

豆腐と豚こま切れ肉、椎茸《しいたけ》、にんじん。くったりするまで火を通した旬の軟白ねぎが甘くて柔らかい。木綿豆腐は味が染みて熱く、一口目は火傷《やけど》しそうで慌てて空気を口に入れて冷ました。

甘辛い味付けはごはんのおかずとして完璧《かんぺき》だ。

その他に残り野菜の浅漬けとおぼろ昆布の汁物、さらにイカ納豆の小鉢まで付けてもらった。常連さんからもらったというヤリイカは、こりこり、ねっとりとした食感が嬉《うれ》しい。

「日本酒……」

一緒に食べていた千春が、箸《はし》を持ったまま呻《うめ》くようにそう呟《つぶや》いていた。

雪緒はなんとなく尋ねてみた。

「豚すきも日本酒ですか？」

「そうだね、豚すき煮は……焼酎《しょうちゅう》かなあ」

「なるほど。私はビールが合うと思います」

「ああー、それもわかる……ねえ、じゃあユウさんは？　豚すき煮は何が合うと思いますか？」

千春がそう尋ねると、ユウはしばしの沈黙の後、わざわざ箸を箸置きに置いて、背筋を伸ばして答えた。

「………白米だね」

千春は目を閉じて天を仰いだ。しばしののち、彼女は彼の勝利を認めた。

「……わかりました、ユウさんが優勝です……」

「優勝とかあったの、これ」

「私もさすがに白いごはんにはあらがえないもので」

千春はそう言って、しゃもじを手に、お櫃《ひつ》の蓋《ふた》を開けた。すでに彼女の茶碗《ちゃわん》は空だったから、お替わりを装《よそ》うのだろう。

その時玄関のチャイムが鳴る音が聞こえた。店舗入り口ではなく、その横にもうけられた、居住スペースの玄関だ。

立ち上がろうとする雪緒を制して、千春が言った。

「いいよ、たぶん黒川《くろかわ》さんだから。さっき連絡あったんだ」

玄関が開く音も聞こえてきた。

「おばんでーす」

という声は、黒川のものだ。

ユウも廊下に通じる襖《ふすま》を開け、玄関に向かって声をかけた。

「黒川さん、こっちですよー」

すぐに廊下から黒川が入ってきた。コートを着たままだ。

「ごめんね、開店前の忙しい時に。これ渡しにきただけだから、すぐ帰るよ」

「なんですか？　あっ、アイスクリームだ。どうしたんですか？」

「冬のアイスの美味《おい》しさについて語ってたら、もらったんだよね。いっぱいあるし、ここ冷凍庫広いでしょ？」

「ひとんちの冷凍庫をトランクルームみたいな扱いしないでくださいよ……」

　ユウは若干迷惑そうに見えたが、黒川はそんなユウの鼻先に、クーラーボックスから出したアイスクリームの箱を突きつけた。蓋を開けると、中にはミニカップがぎっしり入っていた。

「ほら、ユウ君の好きなラムレーズンもあるよ～。忘年会でデザートに食べようよ」

「……わかりましたよ、じゃあ入れてきます」

　受け取ったユウはちょっと嬉しそうで、それを見て黒川もにこにこしている。

「よろしくね～。じゃあ、千春さんと雪緒さんもお騒がせしました。またね。あ、いいから、見送りとかは」

「はい、お疲れ様です」

　雪緒は軽く会釈した。

　黒川は、うねる毛先と、口髭《くちひげ》が特徴的な男性だ。大抵はスーツ姿で、香水とアルコールの香りを漂わせて来店する。茜の親でもあり、くま弁の常連でもあり、千春とユウの友人でもある。歳はよくわからないが、たぶん、ユウより十歳くらいは年上ではないだろうか。

「じゃあねえ」

「足元気を付けて帰ってくださいね」

ユウが、廊下に出た黒川を追って声をかけている。

「見送りはいいって言ったのに～」

「いや、別に見送りとかじゃないですけどね、アイスクリームを厨房《ちゅうぼう》の冷凍庫にしまうついでなので」

「はいはい」

いつも丁寧な対応をするユウが、黒川が相手だと少しくだけた態度を取るのが、見ていて面白い。結局玄関の外まで見送り、アイスクリームを冷凍庫に入れてから、ユウは戻ってきた。少し玄関で立ち話もしていたようだ。

「仲いいんだから」

そう言って、千春はにやにやしている。

ユウは照れ臭そうだ。

雪緒も気を緩めると口元がにやけそうだったので、ごはんを食べて誤魔化した。

「もうすぐ忘年会かあ。一年が終わるんだねえ」

千春がカレンダーを眺めながら、感慨深げにそう呟いた。

師《し》走《わす》も半分以上過ぎている。

ふと、雪緒は猪笹《いざさ》美《み》月《つき》のことを思い出した。

雪緒の前の会社の後輩で、雪緒が助けようとして助けられなかった女性だ。

彼女と最後に会ったのは、一年以上前だ。

猪笹が会社を辞める時に顔を合わせて、その後はもう連絡が取れなくなってしまった。

電話もかけたが、つながらないのだ。

拒まれているのだろうと感じ、雪緒は彼女をそのままそっとしておくことにした。

それが、一年と少し前。

距離を取ったと言えば聞こえはいいが、逃げ出したようなものであり、思い返すたびに後悔がこみ上げてきてしまう。

もう一度電話をしたいな、と思った。

そうしたら元気かどうかわかるだろうし、もし電話に出てくれることがなくとも、私はあなたを忘れていないよということは伝えられる。

だが、そこまで考えたところで、雪緒はいつも自分の考えに待ったをかけてしまう。

今雪緒からの電話を受けることで、猪笹は前の会社でのことを思い出すかもしれない。すでに一年前にメッセージを残しているし、電話もしている。それに対する反応がないのに、自分からまた連絡するのは迷惑ではないのか？

そうして思考はぐるぐるといつもと同じところを巡り始めたが、あ、そうそう、と千春が何かを思い出した様子で話しかけてきたことで、それは中断された。

「大晦日《おおみそか》に忘年会あるけど、勿論《もちろん》、強制じゃないし仕事じゃないよ。大晦日は配達も二十時までにするので、その後参加してもしなくてもいいし、参加したら普段のまかないの豪華版だと思って、好きに食べて飲んでいってね」

「あの、申し訳ないので、今年は参加費払わせてください……」

「いいんだよ～、元からそんなたいした金額じゃないし、一年間お疲れ様でしたってことで」

　実は去年も大晦日に忘年会に誘われ、散々飲み食いしていざ帰る時にお金を払おうとしたらいらないと言われてしまったのだ。それならせめて持ち寄りの品を何か持ってくるのだったと後悔した。

「持ち寄りも無理しなくていいからね」

「はい……」

　一年が経つのはあっという間だ。

　雪緒はもう一度猪笹のことを考えてみたが、結論は出ないまま、甘辛い豚肉を口いっぱいに頬張った。脂身が甘くて美味しい。

　猪笹が何か美味しいものを食べて元気になっていたらいいな、と思った。

　夕食を食べ終えた雪緒が休憩室奥の給湯室で食器を洗っていると、休憩室の電話が鳴った。

厨房でも子機が鳴っているが、開店前のユウたちは忙しいだろうからと、雪緒は急いで手を拭《ふ》いて電話に出た。

「お待たせいたしました、くま弁です」

『あっ……』

女性の声だった。びっくりしたような、少しひっくり返ったような声だ。咳払《せきばら》いが聞こえた。

雪緒は耳をそばだてた。

『あの、配達をお願いしたいのですが……』

若い。若く、高い声を、少し無理して低くしているような声だ。

雪緒は一瞬言葉に詰まった。いつもの言い慣れた言葉が出て来ない。唾《つば》を飲み込み、掠《かす》れた声で言った。

「かしこまりました。どちらへのお届けでしょうか？」

『ええと……あー……その……すみません、また電話します……』

何故か、急に女性客はしどろもどろになった。

雪緒は相手が電話を切る前にと、急いで言った。

「あの、お客様、一つだけ確認させていただきたいのですが」

『はい？』

電話口の女性は焦ったような声で聞き返す。何かを誤魔化すように、頻繁に咳払いをしている。

雪緒はいきなり核心を突いた。

「猪笹さんですよね」

『ちっ……違います！』

あまりにびっくりしたせいだろうか、その時の女性の声は完全に素だった。素の、猪笹美月だった。

唐突に電話が切れた。

雪緒は固定電話のディスプレイを確認した。かけてきた相手の電話番号が表示されるはずだったが、そこには非通知とある。相手の電話番号はわからない。

だから、確証はない。

それでも、心臓が早鐘を打つ。

確証はないのに、雪緒の心臓は、あれは猪笹だ！　と叫んでいる。

しかも、猪笹もたぶん雪緒を認識していた。たまたまではない。何故か猪笹は声を作っていた。無理をして、低めの声を出して。雪緒だとわかっていたからだ。

猪笹かどうか確認した――違うと言われた。

なんだ、これは、どうしたらいいのだ。

雪緒は混乱していた。

混乱しながらも、自分のスマートフォンで猪笹に電話した。

「あっ」

いや、電話してよかったのか？　猪笹は何か気まずそうだった。そもそも、雪緒だって猪笹に電話をして何を話すのだろう。久しぶり？　どうしてた？　今何してる……。

あの時受けた傷は、あなたの中でどうなっているの？

どっと心臓が重くなったように感じた。スマートフォンを持つ手が震える。

突然、雪緒の中に一年半前の夏の記憶が蘇《よみがえ》った。

『私の勘違いならそれでいいんだけど、もし、辛《つら》いことを、辛くないって誤魔化してるのなら――』

そう、雪緒はそんなふうに猪笹に話しかけたのだ。

小柄で、はつらつとして、生命力に溢《あふ》れて見えた新卒一年目の彼女は、大きなアーモンド形の目を見開いて、そこからぼろぼろと涙を零《こぼ》した。

恥じるように涙を拭《ぬぐ》ったが、その指を伝って次から次へと涙は溢れる。

蛾がまとわりつく街灯の下で、猪笹は泣きながら、先輩社員から受けた身体的接触を伴うアプローチについて打ち明けた。

その時の蛾の羽音とか、車の行き交う音、ぐしゃぐしゃになった顔を覆う猪笹の手だとかを思い出す。

それから、最後に見た猪笹。

蒼白《そうはく》な顔で私物を抱え、お世話になりました、と言って頭を下げていた。

今にも消えてしまいそうで、心配した雪緒はすぐに連絡を取ろうとしたが、なんと言えばいいのかわからず、翌日になって苦労して短いメッセージを送った。電話もしたが、繋《つな》がらなかった。

猪笹から返信はなく、雪緒はもどかしく思いながらもただ待ち続けた。

自分の声を聞いたり、メッセージを見たりするのが辛いのかもしれないと思った。会社のことを思い出したくない、今は療養したいのかもしれない。それなら、しばらくそっとしておくべきなのではないだろうか。そう思って、雪緒からの連絡は控えた。

それ以来、返信はない。

なかった。

いや、今あったこの電話こそが、猪笹の、一年越しの返信なのだ。

もしもし……とスマートフォンから細い声が聞こえてきた。猪笹だ。

「あのっ、突然ごめんなさい。い……猪笹さん？　久万です」

猪笹の声は小さくて、動揺が感じられた。

『ごっ……ご無沙汰《ぶさた》してます……』

「あのっ、猪笹さん、ええと……」

頭が真っ白になる。何を言うべきかわからない。何も考えずに電話をしてしまった。

『す……すみません！』

突然、猪笹の方から謝ってきた。

『あのっ、あの……さ、さっきお店に電話したの、私です……』

「あー……うん」

そうだったのか、やはりそうだったのだ。

あっさり転がり込んできた事実に、混乱していた気持ちがやっと少し落ち着いてきた。

『それで、その……こちらから電話したのにいきなり切ってしまってすみません！　頭真っ白になってしまって……』

「……うん、いいよ、わかるよ、私もそうだし」

えっ、と猪笹が聞き返してきた。

雪緒は少し照れながら答えた。

「私も、電話かけたはいいけど、何話そうとか考えないでかけちゃったから、頭真っ白になってたんだ。でも、どうして私の携帯じゃなくて、お店の電話にかけてきたの？」

『実は……か、会社辞めたあと、スマホ壊して連絡先もパスワードも全部消えちゃったんです！』

「は？　消え……全部？」

『はい！』

猪笹が説明するには、データをすべて失ったため、連絡を取ろうにも連絡先がわからない。いつも連絡を取っていたアプリもパスワードの再設定ができず、継続して使えなくなってしまった。しかも自棄《やけ》になってしばらくそのまま放置していた。雪緒がかけた電話が通じなかったのは、たぶんスマートフォンを新調する前だったからだろう……とのことだ。

『名刺はその前にシュレッダーにかけた上に全部燃やしてて……』

「燃やしてて⁉」

『前の会社のこと全部消し去りたかったんです〜！　そのせいで長い間不義理を働いてしまい……申し訳ありませんでした！』

雪緒は、今の説明をどう扱うべきなのかしばし考えた。

すべて事実なら、随分思い切ったことをした上に不運が重なっているが、絶対にあり得ないことだとも言い切れない。

猪笹が雪緒との連絡手段を失っているのなら、店にかけるしか手はなかったのだ。

「じゃあ、私がくま弁で働いていること、どうやって知ったの？」

『あの……昨日、久万さんを偶然見かけて……』

「配達中に？」

『えっと、西七丁目のオフィスビルから出てくるの見たんです。で、お店の名前書いてあるバンに乗り込んで……私もちょっと遠目で見ただけで、確信が持てなかったんですけど、お店の名前は聞いたことがあったんで、一度とにかく電話をするかお店に行くかしてみようと。それで、とりあえず電話をかけてみたら、久万さんの声が聞こえてきて……びっくりしてしまって、あの、名乗れなくてすみません……』

「もういいって。それより、連絡ありがとう。もっと早く、私から連絡すればよかったね」

『いえっ、いえ、そんな……とんでもないです！』

　猪笹はしどろもどろになっていたが、声は以前——一年以上前に聞いた時よりずっと張りがあって、元気そうだなと感じた。

「私からかけたのに悪いんだけど、今仕事中で……だから、もしよかったら、また連絡していいかな。今日は遅くなるから、また今度」

『はい、勿論《もちろん》です！　わっ、私も久万さんの番号登録しますから、また連絡してもいいですか？』

「うん、勿論」

　ありがとうございます、と猪笹は叫ぶように言った。声が大きくて、雪緒は少し耳が痛くなったくらいだ。

　だが、そんな痛みなど些《さ》細《さい》なことだ。

　辞めてから、ずっと気になっていた猪笹美月と、やっと連絡が取れたのだ。

　しかも、猪笹は思っていたよりも元気そうだ。

　通話を終えて、雪緒はその場に座り込んだ。

「よかった……」

膝《ひざ》を抱え込んで、息を吐く。

「雪緒さん、お待たせ！　次の――あれ、どうかした？」

千春が休憩室に飛び込んできた。雪緒はすぐに立ち上がって、千春が持ってきたお弁当を受け取った。

「大丈夫です。次、雉村《きじむら》様のおうちでしたね！」

雪緒は袋に入ったお弁当を受け取るとお品書きを添え、それをさらにいつも配達で使う保温・保冷バッグに入れた。

バッグを抱えて顔を上げると、千春が雪緒の顔を覗《のぞ》き込むようしていた。

「何かいいことあった？」

「えっ、……はは、そうですね、たぶん……ちょっとびっくりするようなことがあって」

雪緒は行ってきますといつものように言って部屋から廊下に出た。

冷たい板張りの廊下を歩きながら、雪緒は思わず顔を触っていた。そんなに表情に出ていたのだろうか。どんな顔をしていたのかなと思い、雪緒は頬を引っ張った。痛いな、と感じて、夢じゃないことを確かめる。

そう、これは夢なんかではない。

元気そうな、表裏のなさそうな猪笹の声が耳元に蘇《よみがえ》る。

自分に都合が良すぎて、夢のような心地がしてしまう。

雪緒は小走りに裏口へ向かった。そうする方が床の冷たさを感じる時間が少ないような気がしたし、今の気分にも合っているように思えたからだ。

雪緒はただぽかんとしていた。

口をちょっと開け、テーブルの上のコーヒーを冷めるままに放置して。

ビルの二階に入っている喫茶店で、雪緒は店の奥のソファに座り、同じテーブルを囲んで、猪笹が向かいのソファに座っていた。

猪笹の表情はころころ変わった。今は笑顔だ。

喫茶店で会おうと誘ったのは猪笹だった。

あの後、結局猪笹から電話してくれたし、会って話そうと言ってくれたのも猪笹だった。雪緒も電話をかけようとしたし、会って話したいと思っていたのだが、どちらも実行に移す前に猪笹が先んじた。

一年ぶりに見る猪笹は、相変わらず小柄で、ショートヘアの快活そうな女性だ。以前は光に透けてベージュ系の色が見える程度だった髪は、かなり明るめの桜桃《さくらんぼ》を思わせる赤系の色に染められている。

表情は、以前よりずっと明るい。

「それで今度カナダ行くんですよー、めちゃくちゃ楽しみで。英会話教室も通ってて、向こうでも教室通いながら働くんです！」

ショートヘアが光に透けてきらきら輝いている。口紅の色は髪と同系色だった。

「すごいねえ。頑張ってるんだね」

雪緒はそう口にしてから、これでは親戚《しんせき》の子を褒めているみたいだなと思って後悔したが、猪笹は嬉《うれ》しそうに目を細めた。

「えへへ。ですよね～！」

きらきらしていて、輝いていて、なんだか眩《まぶ》しい。

照れたように笑った猪笹は、やっとカップを持ち上げた。中身は温《ぬる》くなったチャイだ。

雪緒も温くなったコーヒーを一口飲んだ。それから自分が喉《のど》が渇いていたことに気付いて、カップの半分くらいを一気に飲んだ。

猪笹はチャイのカップを両手で抱えながら言った。

「なんだかすみません、私ばっかり喋《しゃべ》って。あの……話したいことといっぱいで、ちょっと興奮してて」

どうやら猪笹は、雪緒が猪笹の態度を不快に思っているのではないかと心配したらしい。

「あ、いや、大丈夫だよ、いくらでも聞くから話してよ。私は……その、少しびっくりしただけ。猪笹さんが、こんなふうに話すとは思わなくて。なんだか……楽しそうというか」

「えっ、ずっと行きたかったワーキングホリデーなんですから、そりゃ話してるだけで楽しいですよ」

「そっか、そうだよね」

猪笹の相談に乗っていた頃は、辛《つら》い話ばかりした。先輩社員から受けたハラスメントの内容、それにどう対処したらいいのか、猪笹がどうしたいのか。自分を責めて内にこもってしまう猪笹から話を聞き出すのも一苦労だった。こんなふうに彼女の笑顔を見るとは、しかもこんなにも興奮して楽しそうに話をするとは、まったく想像していなかった。

勿論、被害を受ける前の猪笹も、それを隠して日常を送っていた猪笹も、雪緒は知っている。普通に笑顔を見せることだってあった。

だが、こんなふうに華やかに笑うとは思わなかった。

「でも、よかった。行く前に、どうしても久万さんに会いたかったんです」

「留学に行く前に？　どうして？」

「…………」

急に猪笹は黙り込んだ。表情が硬く、緊張しているのが伝わった。

雪緒も緊張した。

猪笹は、頭を下げた。

「ご迷惑をおかけして、申し訳ありませんでした」

「えっ!?」

猪笹は顔を上げた。泣きそうな顔をしていた。

「久万さんが会社を辞めたのは、私が鷹森《たかもり》さんとのことをご相談したせいですよね？」

「違うよ、猪笹さんのせいじゃないよ！」

雪緒は思わず強く言った。

猪笹は首を振った。

「私のこと庇《かば》ったせいで、鷹森さんと険悪になってたじゃないですか。それで会社での立場を悪くして、辞めちゃったんじゃないんですか？」

「そういうわけじゃなくて……」

なんと説明したらいいのか、雪緒は眉間《みけん》に皺《しわ》を寄せて腕を組んだ。

「私は……猪笹さんが辞めた後に辞めたけど、それは別に、猪笹さんのせいで居づらくなったとか、そういうことじゃなくて……猪笹さんのことを助けられなかった自分が嫌になったというか、鷹森さんと上司に腹が立ったというか……とにかく、自分の都合で会社を辞めたんだよ。猪笹さんが辞めた後、別に残って働き続けることも可能だったと思うけど、私がそうしたくなかったっていうだけ」

「でも、久万さん、前の会社ではプロジェクト任されてたり、まさにこれからって感じだったじゃないですか。それなのに、今全然関係ない仕事なさってて……」

ああ、なるほど……と雪緒は胸中で呟《つぶや》いた。猪笹は、雪緒が前職と畑違いの分野で、しかもアルバイトとして働いているのを知って、自分のせいだと心を痛めているのだ。

「いや……今の仕事、やりたくてやっている仕事だから……」

雪緒はそう言ったが、どうも猪笹からは疑わしく思われているようだ。

猪笹はテーブルに手をついた。ぐっと上半身を乗り出す。大きな、アーモンド形の目が雪緒を見つめた。この上なく真剣な目だった。

「もしよかったら、再就職のお手伝いさせてください！」

「…………はい!?」

「じゃあ、早速ですけど大学の先輩の会社なんですけど、今ＳＥを募集していて――」

「ま、待って待って！　別に今すぐ転職する気はないよ」

「え……」

猪笹はきょとんとした表情を浮かべて、雪緒を見つめ、やっとソファに腰を下ろした。

「あの……すみません、そうだったんですね。私、てっきり……」

「うん、いいよ。気にしないで。でも、気遣ってくれてありがとうね」

猪笹はしょんぼりと肩を落としていたが、すぐに顔を上げてスマートフォンを取り出し操作し始めた。

「じゃあ、ＳＥ以外で探してみますね！　営業でしょうか、それとも――」

「そうじゃなくて！」

雪緒は、いきなり転職サイトを活用し始めた猪笹を制した。

「あの……信じてもらえないかもしれないけど、今の仕事、やりたくてやっているの。

最初は確かに繋《つな》ぎの仕事で、転職活動もしてたし、いや、実のところ今でも勉強自体は続けているんだけど……とにかく、私は望んで今の仕事をしているところだから」

「そうなんですか……でも、どうしてですか？　その、今のお仕事の何が久万さんに合っているとか……何か、あるんですか？」

「それは……」

それは、一年前の自分のまま再就職したら、また同じように何もかもに嫌気が差して投げ出すかもしれないと思ったからだ。

猪笹を助けられない自分に嫌気が差したように、また仕事を——自分を投げ出すかもしれないと。

でも、くま弁で働くことを通じて、雪緒は誰かの力になれることに気付いた。自分を許せる気がした。

「…………」

雪緒は言葉に詰まってしまった。

あなたから逃げた自分を変えたかったんだよ、なんて本人に言えるだろうか。

そもそも、今回声をかけてくれたのは猪笹の方だ。雪緒は猪笹と連絡を取ろうとして、メッセージを送って電話をしたが、どれも猪笹が会社を辞めて一ヶ月くらいまでのことだ。その後は、猪笹が連絡を返さないのならもう仕方ないと言い訳して、ここまで見ないふりをしてきてしまった。返事がなくてもさらに何度か電話を試みていれば、もっと早く繋がっただろう。相手に前の会社のことを思い出させたくないなんて言い訳をして……。

「私は……自分を変えたかった。ここでなら、変わっていけると思ったから」

猪笹のことには触れずにそう説明した。

猪笹は、小首を傾げた。

「久万さんは、変わる必要なんてないと思いますけど」

「そう言ってもらえるのは嬉しいけど、これは私自身の問題だから」

「……久万さんは真面目すぎますよ！」

猪笹はそう言ってため息を吐いた。

「私を見てくださいよ。会社辞めてから……まあちょっとは休む羽目にはなりましたけど、今はピンピンしてますよ。どうせ辞めたんですから、思い切ってやりたいことやろうと思って、リスト作ったんです。バイトしたり、工場の派遣行ったりしてお金貯めて……ほら、今実家なんで、結構貯まるんですよね！　それで、次はついにリストの二番目にあった海外留学です！」

「猪笹さんは、ちゃんと計画立てて、色々できる人だよね」

「やること一つずつ潰《つぶ》していくの、楽しいですから」

「漫画もリスト作って見せてくれたね……」

猪笹の趣味はサイクリングと漫画だ。学生時代には自転車で北海道を一周したというし、漫画については漫画喫茶とまではいかないが、『漫画の多い喫茶店』くらいの蔵書があるという。

まだ鷹森の件が明るみに出る前に、雪緒は猪笹が漫画好きと知って、何かお勧めはないかと尋ねたことがあった。

猪笹は、翌日には『久万さんに貸したい漫画リスト』を作ってきてくれた。

Ａ４一枚にまとめられたリストには七作品が載っており、それぞれ、タイトル、著者名、あらすじといった基本的な情報の他におすすめポイントや絵のタイプなどが簡潔に書かれ、作品の表紙画像も貼り付けてあった。

気軽にお勧めを尋ねたつもりだった雪緒は、リストを渡され、その熱量に圧倒されてしまった。

猪笹も思い出したのか、懐かしそうに呟いた。

「あのリスト、まだ全部貸していませんでしたね」

全部貸す気だったのか？

一つの作品につき二十数冊出版されているものもあったから、リストの本を全部合わせると六十冊は超えそうだ。

そうか、と雪緒は今更ながら認識のずれに気付いた。あのリストは雪緒が選んで借りるためのものだと思っていたが、猪笹にとっては全部やる前提のタスク管理のためのものだったのだ。

「それなら、今のリストの一番目は何？　二番目が海外留学、だよね」

「え？　えっと……英語を活《い》かせる仕事をすることです……」

猪笹は照れているのか、それまでより少し小さな声でそう言うと、ごくごくと温いチャイを飲み干し、音高らかに陶器のカップをテーブルに置いた。割れるのではないかと雪緒は心配した。

「とにかく、私がこれだけ元気にやっているのは、久万さんがあの時声をかけてくれたからですよ。猪笹さんは悪くないよって、ずっと言ってくれたじゃないですか。そのおかげで、私あれ以上自分のこと責めないで済んだんです。私が悪かったんじゃないかとか、私がもっと正しく対応していればとか……あの時声をかけてもらえなかったら、そんなふうにずっと考え続けて、自分をもっと嫌いになっていたと思います」

雪緒をまっすぐに見つめる猪笹の目には感謝と尊敬の気持ちが表れている。

雪緒は恥ずかしくなった。自分は、そんな大層なことはできていない。そんなふうに見てもらえる人間ではない。

雪緒は咄嗟《とっさ》に目を逸《そ》らしそうになって、猪笹に怒られた。

「久万さん!?　私、真面目に言っているんですけど！」

「は、はい！　それは……わかってます……」

「いいですか、久万さんはあのままの久万さんで十分凄《すご》いんです。わかりましたか？」

「……はい……」

「それなら――」

猪笹は言いにくそうに言葉を切ったが、雪緒は彼女が何を言いたいのかなんとなくわかった。それなら、いい加減自分を変えたいなんて理由で今の仕事にしがみつくのを辞めて、もっと得意な分野で仕事を探したらどうだ――たぶん、そういうようなことを言いたいのだろう。

だが、勿論《もちろん》猪笹はそんなことは言わなかった。

「何か、私にできることがあればいつでも連絡くださいね」

ただそう言った。

それから、店内の時計を見て、あっ、と声を上げた。

「すみません、私、この後英会話教室があって――もう行きますね！」

猪笹は伝票を持って行こうとしたが、雪緒と取り合いになり、諦《あきら》めて自分の分の代金を置いて出て行った。

残された雪緒はただ呆然《ぼうぜん》と、気《き》忙《ぜわ》しく鳴るドアベルの音を聞いていた……窓の外では雪が静かに降り続け、太陽は雲の向こうでいつの間にか沈んでしまったらしい。薄青い宵の闇が辺りを包み始めている。街中にぽつぽつと灯《あか》りが点《とも》され、テーブルの上にもキャンドルが運ばれてきた。

そういえば、そろそろクリスマスだっけ、と思いながら、雪緒は残っていたコーヒーを飲み干して、立ち上がった。

冬至は過ぎている。

ということは、雪緒がくま弁で働き始めて、一年が経ったということだ。

雪緒は弟からプレゼントされた手編みのスヌードで暖を取りつつ、駅へ向かって足早に歩いていた。

この一年で、猪笹は自分を取り戻したらしい。

この一年で、雪緒は何か変われただろうか。

ストレートパーマをかけていた髪は元の緩やかな癖を取り戻し、最初は気になったものの、だんだん馴染《なじ》んできた。美味《おい》しいまかないのおかげか体重は少し増えた。弁当を満載したばんじゅうを抱えて階段を上ることもあり、筋肉は前よりついたかもしれない。睡眠時間も増えて、仕事柄規則正しい毎日を送っている。残業もほぼない。

それから——手書き文字が綺麗《きれい》になった。

他には何かあっただろうか。たとえば、内面が劇的に変化したとか、そういうことは？

「そういうことは……ないかなあ……」

雪緒はぽつりと呟《つぶや》いた。

「雪緒さん」

突然名前を呼ばれて、雪緒は顔を上げた。

コートを着込んだ黒川が、エコバッグを片手に立っていた。

「そこ危ないですよ」

「えっ」

雪緒は自分の位置を確認した。大きなビルのすぐそばにいる……落雪注意の看板の内側だ。いつの間にか赤いカラーコーンの隙間から内側に入り込んだまま歩いていたらしい。

慌ててコーンの外側に出た途端、ビルの上の方からぼたっと雪が落ちてきた。

「ありがとうございます。助かりました」

「いえいえ。悩み事ですか？　足元気を付けてくださいね」

「そうですね……」

雪緒の様子が気になったのか、黒川は小首を傾げた。

雪緒は黒川を見上げた。ユウと話している黒川は少し子どもっぽいようなところも見せるが、それでも彼は雪緒や千春より一回りは年上だ。

「あの、豊水すすきの駅の方に行くんでしょうか？　ご一緒してもよろしいですか？」

「うん？　勿論いいですよ～。じゃ、すぐそこまでですけど」

道中は三分というところだ。

「あの……」

同じ事を延々と繰り返し考えている。

それをふと誰かに、黒川に話してみようかなと思った。偶然今出会ったから。黒川は親しみやすい態度で、どんな話でも茶化したりしないで聞いてくれそうだから。

だが、言葉にしようとすると、うまく出て来ない。

彼は客で……客にこんなことを相談していいのだろうか。

数十秒考え込んだが、雪緒は、まあいいか、と思うことにした。

考え込んで何もできないのは、あまりにもいつも通りの自分に思えたから。

「全然変わっていない自分に絶望していました」

ぼそっとそう言うと、黒川は一瞬唖然《あぜん》とした顔をして、それから微笑んだ。

「そんな簡単に人間変わらないと思いますよ」

「そうですね。そうですよねえ……」

猪笹の場合は変わったというよりは回復したといった方が正確か。会社では見せない面を見せてくれた部分もあるだろう。雪緒に、自分は大丈夫だと示したかったのかもしれない。

「でも、私は、もっと変わりたいんだと思います。もっと親しみやすくなれればいいなと思うし、話しやすい人間になれれば、いえ、自分からぐいぐいいける人間になれれば、そうしたら……」

そうしたら、猪笹が困っていた時にももっと気軽に話してくれたかもしれないし、会社を辞めた後も、雪緒から猪笹に連絡を取り、もっと早く彼女と話せていたかもしれない。

「う～ん」

黒川は歩きながら、真剣に考えてくれた。

「何かあった時に、自分がもっとこうだったら、と思うこと、ありますよ。別の誰かみたいだったら……っていうように感じたこと、あります。もっと若い頃にですけど。でも、結局すぐに変われるものでもないし、変われないなら、そのままの自分でもできることからやっていくしかないなあって思っています。短い期間で見ると全然変わってないなってへこむことも、十年とか、長い時間で見ると、あ、成長したなって思えたりしますし」

十年……確かに、十年前の自分と比べると、さすがに成長というか、変化はしていると思う。何しろ十年前、雪緒はまだ高校生だ。

少しの沈黙ののち、黒川は雪降る夜空を見上げて言った。

「うちの場合、妻のことがあったので……父子家庭になってから、なかなかあの人みたいに……妻みたいにできないなあと悩んだりしましたし、娘に対しても、あの人がいたらどうだったかなあとか、色々……ありました。でも、十年も経って振り返ると、随分自分も頑張ったなと思えるようになったんです。勿論、娘が一番頑張っていて、こんな父親でも受け入れてくれたからなんですけどね」

雪緒は思わず足を止めた。

茜が父子家庭だったのは聞いていたが、黒川がその話をするとは思っていなかった。

そういう話は、彼自身にとっても、かなり人間的な柔らかい部分の話で、ただのくま弁の店員として知り合った雪緒に話す内容とは思えなかったからだ。

黒川は雪緒の驚いた顔を見て、照れたように笑った。

「あ、すみません、重かったですか？　気にしないでくださいね」

「いえ……あの、私なんかにそんな話をしてもらえるとは思っていなくて」

「え～、私なんか、なんて言っちゃだめですよ。ただ、雪緒さんの話を聞いていたら、すごく真面目で、しんどそうだったので、僕の話でも聞いて、気楽に考えてほしかっただけなんですけどねえ」

「気楽に……」

「目の前にある、できることからやってみたらどうですか？」

一年前から変わっていようが、いまいが、前へ進むことができようが、できまいが、確かにそれしかないのだ。

その積み重ねが今の黒川を形作ったように、雪緒の道もそうやって続いていくのだ。

「……そうですね」

励まされたというのとはまた違うかもしれない。

何か、吹っ切れたような。諦めがついたというような。

そんな心地で、雪緒は顔を上げた。

「ありがとうございます」

「いえいえ～」

黒川は軽やかに笑っている。目元に笑い皺《じわ》ができている。

雪緒は今の自分にできるだけの笑みを返し、駅前で黒川と手を振って別れた。


「もしもし？」

千春は受話器に向かって何度か呼びかけたが、結局不思議そうな顔で受話器を置いた。

「切れちゃった」

雪緒が様子を見ていることに気付いて、千春は苦笑して言った。

今日の仕事を終え、雪緒はスヌードを首に二重に巻いているところだった。

「番号を間違ったんでしょうか？」

「う〜ん……」

何かあったのか、千春は唸《うな》っている。

「実はさ、今日無言電話二回目で」

「えっ」

「どっちも非通知なんだけど」

「全然、何も話さないんですか？」

「そう。そのうち切れちゃうの。今日の一回目は開店してすぐくらい。そういえば、今のは無言だけどざわざわしてて……ああ、ドアベルみたいな音聞こえたから、お店なのかなあ」

雪緒の脳裏に何故か浮かぶ顔があった。

猪笹からかかってきた非通知の電話を受けたのが、六日前だ。

まさか、猪笹が何か用があって店に電話をかけてきたのか……と思ったが、それなら無言で切るわけもないし、そもそも携帯電話の番号を教えているのだから、そちらにかけてくるだろう。

いやいや、と雪緒は否定しつつ、念のため確認した。

「その無言電話、前にもかかってきたことありますか？」

「えっとね……先週の金曜日にもあったかなあ。まあ、関係ないかもしれないけど」

猪笹から電話がかかってきたのは、その翌日の十六時半頃だ。

「何時くらいだったか覚えていますか？」

「時間？　うーん……あ、そうそう、お店の準備してたから、十六時半くらいかな」

「……そうでしたか」

「うん、まあ、気にしないで。そんなに頻度高いわけじゃないし。それじゃ、今日もお疲れ様でした！」

雪緒は千春に挨拶《あいさつ》を返し、冷え込む廊下に出た。

猪笹のことを思い返す。

猪笹は英会話教室に週二回通っていて、一回は確か金曜日の十七時からだと言っていた――つまり、ちょうど今日の一回目の無言電話がかかってきた頃だ。

「…………」

何か、変な感じがした。嫌な予感というほどのものでもない。ただ、胸がざわついた。

雪緒はブーツを履いてから、スマートフォンを取り出した。

ささやかな疑いのために電話をすることへの躊躇《ちゅうちょ》はあったが、今雪緒にできることといったら、このくらいしかない。

裏口から外に出たところで、電話をかける。

相手が出てくれるまでが、やけに長く、寒く感じられた。いや、実際寒い。気温は確実に氷点下だろうし、太陽の光がないから温《ぬく》もりを感じることもない。足元からは積もった雪と凍った大地の冷気がしんしんと上がってくる。呼吸のたびに凍《い》てつく空気を吸い込むことになり、乾いた鼻の奥が刺激され、勝手に涙がこみ上げてくる。

「はあ」

『はい、猪笹です！』

ため息を吐いたタイミングで、猪笹が電話に出てくれた。雪緒は慌てて咳払《せきばら》いをした。

「あのっ……猪笹さん？　ごめんね、急に。久万です」

『いえ～、どうされましたか？　あっ、この前の会社の話なら、まだ間に合いますよ！』

「いやっ、ごめん、そっちは置いといて……その、元気かなって」

『元気ですよぉ！　久万さんはどうですか？』

猪笹の声は確かに元気そうで、いかにも楽しげだ。

「元気だよ。留学するって言ってたけど、順調？　いつ行くとか決まってる？」

『えー、順調ですよお。春からって計画は立ててるんですけど』

「そうか、じゃあ行く前にまた会えるかな」

『ええ、喜んで！』

猪笹の声は弾むようだったが、少し掠《かす》れている。僅《わず》かだが間延びしたような、ゆったりした抑揚がついている。

微《かす》かにドアベルの音と、人の声が聞こえる。

雪緒は歩き出した。

「今、外？」

『そうですよ。あ、すみません、うるさいですよねえ。今日も授業だったんですけど、ごはん食べる時間がなかったんで、終わってから外で食べてるところだったんですよ』

「そっか、忙しいね」

そのままなんということはない話を続けるうちに、雪緒は駅を通り過ぎ、小さなビルの前に立っていた。いくつかの飲食店が入っている五階建ての商業ビルで、一階のエレベーターホールにテナントの一覧がある。

雪緒はエレベーターに乗って、二階で降りた。

数日前に猪笹と再会した喫茶店のドアが、短い廊下の突き当たりにある。

昼は喫茶店、夜はバーになる店だ。

「猪笹さん？」

しばらく前から猪笹の反応がなくなっていたので、雪緒は少し大きめの声で呼びかけた。寝息が微《かす》かに聞こえてくる。

雪緒はドアを開けた。ドアベルが鳴る。耳に押し当てたスマートフォン越しに同じ音が聞こえてきたので、雪緒は電話を切った。ざっと店内を見回すと、すぐ近くのカウンター席に突っ伏している客が一人いた。

そばに近づいて、その桜桃《さくらんぼ》のような赤系の髪と、真っ赤に染まった顔と首を見下ろす。

「すみません、知り合いです」

そう声をかけると、猪笹を起こそうとしていた店員は、ほっとしたような顔をした。

雪緒は猪笹を揺すぶったが、ぐっすり眠り込んでしまっている。耳元で名前を呼ぶと、やっと薄く目を開け、何度か瞬《まばた》きをした。そのまままた眠りこけそうになったので、慌てて身体をちゃんと起こしてスツールに座り直させて、顔を覗《のぞ》き込む。

「猪笹さん」

「ふあ」

猪笹は大きなあくびをした。

息が酒臭い。

「ん……ええ？　久万さんだあ」

猪笹はようやく雪緒を認識したが、うふふと笑って頭をぐらぐら揺らしている。間延びしたような独特のゆったりした抑揚と、声の掠《かす》れは、アルコールのせいだろう。

「大丈夫？」

「はい、大丈夫ですよぉ。あっ、お支払いお願いしまあす！」

猪笹は店員に向かって大声でそう言い、かなり怪しい手つきで小さなリュックから財布を取り出した。その時リュックを落として中身を床にぶちまけてしまい、雪緒が慌てて拾ったのだが、猪笹は笑いが止まらず苦しそうなくらいだった。

なんとか支払いを終えて店を出ると、猪笹は自分で歩き出すが、やはりその足元はふらついていて、店の前に置かれた看板に早速ぶつかってしまった。

雪緒は猪笹の手を引いて、エレベーターに乗り込んだ。

「はあ」

猪笹がため息を吐いた。

「すみません。こんなところお見せして」

酔いは覚めてはいないだろうが、さすがに申し訳なさそうに謝ってくる。

雪緒は、ううん、と首を振って、一階に停まったエレベーターから猪笹の手を引いて降りた。猪笹の手はやたら体温が高かった。ある程度自力で歩けるだけまだマシだが、それでも時々雪山に突っ込んだりしないよう、身体を支えたり引っ張ったりしなければならなかった。

猪笹は駅に向かっていたが、雪緒は心配して尋ねた。

「家どこ？　ご実家だよね？　私が家まで送るよ」

「や、いいです。そこまでしていただくわけにはいかないんで。駅行けば地下鉄乗れますし」

「でも、地下鉄乗ったら寝ちゃうでしょ、危ないよ」

「ううん」

猪笹は呻《うめ》いて、いきなり道を逸《そ》れたかと思うと、歩道の車止めポールに寄りかかった。

「ちょっと……危ないよ」

少しでも体重をかけ間違えたら、車道側に倒れてしまうかもしれない。

雪緒は冷や冷やして手を引こうとしたが、猪笹はその手を緩く払いのけた。

「ここがいいです～」

「ええ……？」

「もういいですよ、帰ってくださいって」

「帰れないって。せめてタクシー呼ぶとか……」

「久万さんが私をダメにするんですよぉ～」

何を言われたのか理解できず、雪緒は眉根《まゆね》を寄せて猪笹を見つめた。

「今、なんて……」

「私がぁ、頑張ってこんなに元気になったんですよって知らせてる時はなんかしょぼくれてたのに、こうやって手のかかるところを見せると、喜んで世話焼こうとするじゃないですかあ」

「は……？」

猪笹は真っ赤な顔できゃらきゃらと笑っていた。

「ほらあ、図星だ。私がダメな方が久万さんは嬉《うれ》しいんだ。私だってそりゃ甘えちゃいますよお。頼っちゃいますよ。だって弱ってる時だもん……。だいたいなんであの店来てるんですか？　人が弱ってる時に限って嗅《か》ぎつけてくるの、あの時と同じですよお。ほらあ、私が泣きながら鷹森さんのこと相談したやつですよ。あれがなければ……あれさえなければ……」

笑う猪笹の目に涙が滲《にじ》んだのがわかった。猪笹は俯《うつむ》いて、目元を擦《こす》った。化粧も何かも気にせず拭《ぬぐ》ったから、白い手袋がアイメイクできらきら光った。

ああ、そうか、やっぱり関わってはいけなかったんだ。

音信不通になってもくじけず、もっと早く連絡を取っていれば良かったとか、そんな話じゃない。

そもそも、一年と半年前のあの夏の夜、雪緒は猪笹に声をかけるべきではなかったのだ。

そうすれば、猪笹は辛《つら》くても我慢するなり、もっとマシな相手に相談するなりして、あの状況をやり過ごしたり、切り抜けたりできたかもしれない。会社を辞めるところまで追い込まれなかったかもしれない。

猪笹は、内心ではそう思っていたのだ。

「久万さんは私なんかを助けたりしなきゃよかったんですよお」

猪笹は顔を伏せたまま泣いている。手袋をはめたままの手とコートの袖《そで》で顔を擦り、化粧で顔をぐちゃぐちゃにし続けている。

アルコールの籠《こ》もった息を吐きながら、真っ赤な顔でしゃくり上げ、猪笹は胸の内を吐き出した。

「そうしたら、今でも久万さんは前の会社でお仕事続けていられたのに。私が相談したから……わた、私なんか、誰にも言わなきゃよかったんだ。私が黙っていれば……」

赤い小さな桜桃のような頭を抱えた彼女は、身体を小刻みに揺すっていた。

「私が久万さんの人生めちゃくちゃにしちゃったんだぁ……」

ぼたぼたと、涙の雫《しずく》が猪笹のタイツを穿《は》いた膝《ひざ》に落ちた。

「…………え？」

雪緒の喉《のど》から声が漏れた。

猪笹は雪緒を責めているのではない。

自分を責めているのだ。

「い……猪笹さんのせいじゃないよ？」

そう言っても、猪笹は首を振って泣くばかりだ。

すすきのの交差点では人々が一斉に動き出している。凍《い》てつく空気をものともせず、金曜の夜に人は人と出会うために、あるいは美味《おい》しいお酒や食事のために、帰宅のために、仕事のために、歩いている。

たくさんの人が歩く中、雪緒と猪笹は立ち止まっていた。

「猪笹さん」

考えた末に、雪緒は声をかけた。

「もしかして、今日さ……英会話の教室お休みした？」

猪笹は、肯定も否定もしなかった。

ついさっき、雪緒は喫茶店の床に散らばった猪笹のリュックの中身をすべて拾った。まじまじと見ることはなかったが、そこにペンケースとか、勉強のために必要そうなものは見当たらなかった。英会話自体に筆記用具はいらないにしても、猪笹ならば新しく学んだことのメモなどのため、何かしら持って行くのではないだろうか？　会社での彼女は、先輩から聞いた業務上の細かいことをメモして、忘れないように気を付けていた。

英会話教室に行って、そのまま店で飲食していた——という鞄《かばん》の中身ではなかった。

猪笹はのろのろと顔を上げ、泣き腫《は》らした目で雪緒を見つめて答えた。

「教室、もう辞めるつもりです……」

「どうして？　留学も？」

「留学もですよ！　久万さんが苦労してるのに、私だけ夢叶《かな》えるとか、ふざけたこと言うのが、嫌になったんですよお！」

それは『ふざけたこと』などではないのだが、猪笹は頑《かたく》なそうだった。

「いっ、一週間前、配達中の久万さんを見かけて、その時初めて、会社辞めてたんだってわかって……悩んだけど、お店に電話したら、一回目は久万さんじゃない人が出て、頭真っ白になって……何も話せないまま切っちゃったんです。その後授業だったんですけど、落ち込んじゃって教室でも話せなくて……」

マスカラとアイシャドウが涙で流れた上に拭われていて、猪笹の目元は使い終わったパレットのように汚れていた。

そこに、新しい涙の筋が出来ていく。

「前に会った時は、ちゃんと元気になってるよって……安心させたくて、頑張ってたんですよお。それでも……あの後、久万さんと別れてから教室行ったら、もう私何やってんだろってなっちゃって……だって、私ばっかりやりたいことやって、最悪だなって……私、最悪なんです……」

「そんなことないよ……」

雪緒が差し出したティッシュを、猪笹は握りしめた。

「最悪ですよお……だから、今日は最初から行かなかったんです。教室行くって嘘吐いて家出て、そのままあの店で飲んで……で、でも、久万さんが会社辞めたこと考え始めたら、私……私、苦しくて、辛くて、でも、そんなの、私が言うのおかしいじゃないですか。辛いのは、私じゃなくて、会社辞めちゃった久万さんじゃないですか。だから、誰にも言えなくて……でも、抱えきれなくて、それで……気付いたら、電話してて……」

「……うちの店に？」

猪笹は渡されたティッシュで目元を拭い、鼻をかんだ。

「はい……すみません。だって、久万さんの携帯にかけたら、絶対久万さん私だってわかるから……」

確かに、そうかもしれない。自分の携帯に無言電話がかかってきたら、雪緒はタイミング的にも猪笹を疑っただろう。

「でも、久万さんが電話出るわけじゃないし、話せなくて。ううん、久万さんが出てくれたって、やっぱり話せなかったと思うんですけど、なんか、もう一人じゃ耐えられなかったんです。電話したら、助けてもらえる気がして……前に、鷹森さんのことで、久万さんが声かけてくれた時みたいに。それで、気付いたら、発信のとこ押して、電話かけてました。頼り切りで、私は、本当に、ずるいんです……」

千春は無言電話のことを話した時、人の声やドアベルの音が聞こえたと言っていた。

その時雪緒の頭に浮かんだのは、猪笹に連れて行ってもらった喫茶店だ。夜はバーになると説明された。あの店にも、ドアベルがあって、出入りのたびに鳴っていた。

そこで嫌な予感に突き動かされるように猪笹に電話をかけると、猪笹の声の後ろで、やはり同じ、人のざわめきとドアベルの音が聞こえた。

それで、猪笹の居場所がわかった。

人の流れが一旦《いったん》止まり、車がまた行き交い始めた。土地柄、タクシーが目立つ。

一台のタクシーが猪笹の背後を通り過ぎていった。

たとえば——自分が猪笹の立場だったとして。

自分を助けてくれた相手が、そのせいで会社を辞めてしまったら。道を踏み外してしまったように感じたら、いったい、どれだけ心乱されるだろう。

きっと自分を責めるだろう。あの時、自分がもっと強かったら。あの時、自分が差し伸べられた手を払いのけて一人で立ち上がれたら。

あるいは、相手が、自分を助けさえしなければ——。

「私は今結構楽しいよ」

雪緒がそう言うと、猪笹は悲しそうな目で雪緒を見上げた。嘘やごまかしはたくさんだ、という顔だ。

雪緒は慌てて、彼女の機先を制した。

「ま……待って、落ち着いて。別にごまかしとかじゃなくて、本心からの言葉。勿論《もちろん》大変なこともあるし、きつい意見もらってしんどい時もあるし、雇用形態としては不安定だけど、それはそれとして、やっぱりこの仕事が好きだなと思うんだ」

猪笹は疑わしげだ。考えてみれば彼女からこんな目で見られたことはないかもしれない。

「猪笹さんの気持ちがわかってよかった。教えてくれてありがとう。私も、本当のことを伝えるつもりなんだ。私は、今の仕事が好き。これは、猪笹さんの為にそう言っているとかじゃないんだよ」

「信じられませんよお……」

「そ……そっか……」

　ここまできっぱり言われるとは思わなかった。

「どうして、突き放してくれないんですか？」

「えっ」

　ぐずぐずと鼻を鳴らしながら、猪笹はまた滲《にじ》む涙を拭《ぬぐ》った。

「私のこと、突き放してくださいよ。そうじゃないと、私はまともな人間になれないです……」

「ま……まともだと思うよ、そりゃ恩人って思ってた人が自分のせいでって考えたら辛いと思うし、気持ちわかるよ……」

「わ、わかるならなんで会社辞めてるんですかあ～！」

　猪笹はまたわあっと泣き崩れてしまった。

「いや……だから、好きでやってることなので……本当に」

「ううう～！」

　また猪笹を泣かせてしまった、と思った雪緒は、彼女の前に屈《かが》み、できるだけ目線を合わせて言った。

「猪笹さんさ、私が今の仕事をどう思ってやっているのか、わかっていないんじゃない？　確かに全然前職とは違うし、収入だって多いわけじゃないけど、車の運転は好きだし、色々向いているんじゃないかなって部分はあるんだよ。いろんなお客さんがいて、それぞれの理由からうちの宅配を選んでくれて……自分の仕事で喜んでもらえるんだから、やっぱり嬉《うれ》しいよ。私だから配達頼めるって言ってくれる人もいるしさ。それに……」

猪笹がようやく少し泣き止むと、雪緒は笑顔で言った。

「うちのお弁当、すっごく美味しいんだよ！　そこはもう、自信を持って届けられるから、是非一度試して欲しいな。そうしたら、ちょっとだけでも、わかってもらえるかもしれない」

「…………」

猪笹があまり信用してくれていないらしい、というのはその表情で伝わった。

猪笹はふいと視線を外した。

「……今日はご迷惑おかけしてすみませんでした。もう、帰ります」

「あ、送るよ」

「いえ、これ以上迷惑をかけたくないので……それに、酔いも覚めてきました」

声は震えていたし、ティッシュでどれだけ拭ってもまだ涙は滲んでくるようだったが、雪緒は最終的に猪笹の意思を尊重することにした。

「……そっか、わかった」

だが、猪笹が雪緒の横をすり抜けて、少し先の東豊《とうほう》線の駅へ向かって歩き出した時、雪緒はもう猪笹が連絡してくれることはないかもしれない、と思った。

「明日《あした》はどうかな！」

咄嗟《とっさ》に、そう言っていた。

猪笹は立ち止まって、悲しそうな、不思議そうな目で雪緒を振り返る。

「配達するからさ、明日の夜って家にいる？」

「え？　いえ、あの……」

「じゃあ、明後日《あさって》。それが無理なら明明後日《しあさって》もお店やってるよ」

「…………あ、明後日の夜は家にいます」

「じゃあ、明後日の夜に配達するね。奢《おご》らせてね！」

猪笹はこれ以上できないくらい大きく目を見開いた。

「そ、そんなことさせられません！」

「うーん、じゃあ代金は猪笹さんが払ってくれる？　配達代かかる分、店で買うより割高になっちゃうけど。お届けは十八時くらいでいいかな？」

「はい、大丈夫です」

「じゃあ、何を配達するかは、私が決めてもいい？　三人前？　ご実家だよね」

「あ、じゃあ一人分で……」

喋《しゃべ》りながら、猪笹は眉根《まゆね》を寄せて、訝《いぶか》しげな顔をした。自分が何の約束をしているのか、把握できていないという顔だった。

「あれ……？」

するつもりのなかった配達の予約をしていることに気付いて、猪笹は呆然《ぼうぜん》としている。

強引に約束を取り付けた雪緒は、にこにこと笑顔で手を振った。

猪笹は何か言いたげな顔をしていたが、結局頭を下げてから、駅へ向かって再び歩き出した。

雪緒はその後ろ姿を見送った。

猪笹はまだ少しふらついている。早速転びそうになって雪緒をひやっとさせたが、見守るうちに体勢を立て直して、駅の入り口から地下へ降りて行った。

念のため、雪緒は駅の改札を抜け、ホームに地下鉄が入ってきて、猪笹が乗り込むところまで見送った。猪笹本人も座れば寝る自覚があるのか、入り口付近の出入りの邪魔にならない辺りに立っている。通り過ぎていく地下鉄に乗った猪笹と目が合った気がしたが、雪緒は一応自分も地下鉄利用者だから……と内心で言い訳した。

ゆっくりとホームを歩いて、いつもの場所で車両を待つ。

——あんなふうに苦しませていたなんて、気付かなかった。

いや、この苦しみは誤解に基づいているのだから、それを解けば、猪笹が無駄に苦しむことはないはずだ。

同時に、雪緒自身も、自分を無闇に責めるのをやめようと思った。

黒川が言っていたように、目の前のことを一つひとつやっていこう。

そう思えるだけ、一年間で、自分も少し図太くなったのかもしれない。

そういえば、成長していないと絶望していた一年間、思い返せば道も覚えたし多少は愛想がよくなった気もする。猪笹に対しても、投げ出さず、踏み込めた。それが良い結果をもたらすかはわからないが、とにかく、雪緒は一度差し出した手を、求められた手を、二度と引っ込めるまいと決めていた。


ホームに車両が滑り込んでくる。ちゅいんちゅいんというような、甲高い音が最初に響き、それからパアンと弾《はじ》けるような音を発して、アイボリーホワイトの車両が姿を現す。ドアは鮮やかなスカイブルーだ。ゴムタイヤのおかげで騒音が少ないらしいが、雪緒は他の土地の地下鉄にあまり乗ったことがないのでよくわからない。それなりにうるさいとは思うが、そういえば乗り心地は良いと思う。

ごうと唸《うな》る風が雪緒の顔に当たった。

すっかりストレートパーマの取れた黒髪が、視界を一瞬遮った。


駅で別れてから二日目に、雪緒は猪笹の家を訪ねた。

猪笹の実家は豊水すすきの駅から一駅のマンションの五階にあった。

エントランスを抜けエレベーターで五階に行き、チャイムを鳴らして玄関扉の前でしばらく待っていると、ドアが勢いよく開いて、猪笹美月が顔を出した。緊張のせいか紅潮した顔で、見ると唇も少し震えている。

雪緒はごほんと咳払《せきばら》いして言った。

「ご注文ありがとうございます。くま弁です。日替わり弁当お一つお届けします。お待たせしました」

「あっ……ありがとうございますっ、あの、せ、先日はすみませんでした」

猪笹はつっかえながらも、そう言って謝った。

「いやいや、話はまた今度にしよう！　うちのお弁当は温かいから、是非冷める前にどうぞ」

「は、はい……」

「あっ、できれば、お弁当の感想教えてね！」

猪笹はまだ何か言おうとしたが、そこでハッとした様子で、雪緒から渡された弁当を見た。

「本当だ、あったかい……」

袋越しでも、ほんのりと熱が伝わる。食べ物の匂いが漂う。猪笹はそっと袋の中を覗《のぞ》き込み、くん、と鼻を動かして匂いを嗅《か》いだようだった。

途端、ぐうう、と腹が鳴る。

恥ずかしそうに赤面して、猪笹は急いで会計を済ませた。

それから、雪緒に深々と頭を下げた。

雪緒は見送る猪笹を待たせないよう、小走りで車に戻った。


猪笹美月は自己嫌悪に打ちのめされていた。

「ああああ……」

単純な音をただ喉《のど》から零《こぼ》しながら、猪笹はフローリングに膝《ひざ》を突き、弁当を抱えて蹲《うずくま》っていた。

「謝れなかったあ……」

無言電話をかけてしまった先輩の職場に謝罪に行くのは当然として、猪笹としては、雪緒自身にもちゃんと謝りたかった。

無言電話をかけたこと、酔っ払って迷惑をかけたこと、色々ぶちまけてしまったこと、雪緒に鷹森のことを相談し、巻き込んでしまったこと。

だが、雪緒に制されてしまった。

謝ることも許してもらえないということは、雪緒はかなり怒っているのだろうか。

自分の行為が営業妨害か、ストーキングか、どういう扱いになるかはわからないが、一度きちんと店に出向いて謝らなくてはと思っていた。

だが、雪緒の話を思い出し、一旦《いったん》弁当が届いてから……と引き延ばしてしまった。あれだけ雪緒が言うのだから、食べておかないと不誠実な気がしたのだ。

「ううう、でもそもそもやっぱりまず謝りにいくべきだった……」

めそめそと同じところで行ったり来たりを繰り返す。

親は久しぶりに夫婦水入らずで過ごしてねと送り出し、こうして実家のマンションに一人残った。

手元には、弁当の袋。

袋と発泡スチロールの容器に隔てられていたが、弁当は温かく、小さな動物を抱えているようだった。

それを抱えてじっとしているうちに、少しだけ気持ちが落ち着いた。

そうだ、雪緒は冷める前にどうぞと言ってくれた。

ならば、まずは食べよう。

猪笹はゆっくりとした動作ながら起き上がると、弁当の袋をダイニングテーブルに置いて、とりあえずお茶を用意してから椅子に座った。

「はあ……」

ため息を吐いて、袋から出した弁当の蓋《ふた》を開けた。

最初に目に入ったのは、白いごはんと、たっぷりの豚薄切り肉。

おかずの仕切りの中に豚ロースの薄切り肉がどんと載り、白滝とたっぷりのねぎ、椎《しい》茸《たけ》、しっかり味が染みていそうな豆腐が添えられている。副菜はさっぱりとした梅ドレッシングで和えた水菜と根菜のサラダ。

白いごはんも豚肉も豆腐も湯気を上げ、まだほかほかと温かそうだ。

そういえば、これを渡してくれた時、雪緒は日替わり弁当と言っていた。

どうやら今日の日替わりは、豚すき煮弁当らしい。

「豚か……」

思わず、ぽそっと呟《つぶや》いてしまう。せっかく雪緒が選んでくれた弁当に文句をつけた形になり、猪笹はハッと我に返って自己嫌悪の沼に沈んだ。

すき焼き、すき煮といえば牛肉が一般的だが、北海道では豚肉を使う家庭もある。

が、猪笹はそもそも豚すき煮があまり好きではなかった。

なんだかどうしても牛肉のすき焼きとかすき煮とかの廉価版のように感じてしまう。

実家ではすき焼き・すき煮といえば牛肉だからかもしれない。

だが、蓋を開けたことで、ごはんとおかずの匂いとが立ち上って、空腹を刺激する。

「……おなか減ったな」

猪笹は自己嫌悪の沼から身体を起こし、割り箸《ばし》を割った。

ちょっと迷ったが、最初に、豆腐を割って食べた。すき煮で牛肉の次に好きなのが豆腐だ。

箸で摘まんでも崩れなかった焼き豆腐が、口の中でほろりと崩れた。

さすがに熱々ではないが、十分温かい。

よく味が染みていたが、厚めに切られ、大豆の味わいもちゃんと楽しめる。おそらく木綿豆腐を店で焼いたものだろう。ふわっ、ほろ、とした食感も美味《おい》しい。

次に食べた豚ロース肉は、脂が乗っているがくどすぎないのが良い。甘辛いつゆがしっかり絡んでいるから、白いごはんが嬉《うれ》しくて、ごはんとおかずの配分を間違えそうだ。

煮込んでくたくたになったねぎに、つるっとした食感を保っている白滝。肉厚の椎茸からはつゆがじゅわっと溢《あふ》れてくる。ごはんはもちもちとして、噛《か》めば噛むほど甘みが出る。すき煮のつゆの味とはこんなにもごはんが進むものなのかとびっくりしてしまう。

サラダも口の中がさっぱりとして良い。

美味しい。

甘辛く煮た豚肉と白いごはんをもりもり食べながら、猪笹は豚すきもいいなと感じ始めていた。廉価版ではなく、日常のごはんの延長線上といった感じがする。牛すき焼きほど豪華ではなくても、お肉をたくさん食べられて、野菜も食べられて、元気になれる。

なるほど、この店もそういう店なんだなとふと猪笹は理解した。

飾らない、日常の中にある店だ。

猪笹は一気に半分ほども食べてしまってから、お茶を一口飲んで息を吐いた。

雪緒が食べさせたかったのも納得だ。確かに美味しい。

だが、美味しい弁当を運んでいるのはわかったが、運ぶ人間が久万雪緒でなければならない理由があるのだろうか。雪緒は確か、そう言ってくれる客もいると言っていたが。

その時、テーブルの上に置かれた数枚の紙が目に入った。弁当と一緒に袋に入っていて、チラシか何かだろうと除《よ》けておいたものだ。

そのうちの一枚は他より小さく、和紙を二つ折りにしたものだった。

なんとなく、形状からお品書きだろうと思っていたが、開くと案の定お品書きだ。

「……おお……北海道産が多い……」

お値段はお手頃価格だが、ちゃんと地元のものを多く使っているらしい。なるほど、食材の仕入れ先はここなんだとか、軟白ねぎの旬は今なんだなとかわかって面白い。

美味しい上に、ここまでこだわるのかと感心してしまう。

じっと見ているうちに気付いたが、この手書き文字は雪緒の字だ。綺麗《きれい》な、几帳面《きちょうめん》そうな字。

なるほど、こういうふうに書いて説明してくれると、自分が食べているものが、どこで作られ、どうやって料理されたものなのかわかって、食べる楽しみが増える。見た目や味や匂いも勿論《もちろん》大事だが、さらに料理への理解が深まる気がするのだ。

丁寧な仕事だなあ、久万さんらしいなあ、と猪笹は純粋に感心した。たぶん、この文章も自分で考えているのだろう。猪笹への弁当だけではなく、すべての弁当についてこのお品書きを作っているとすると、確かに、雪緒だからこそ配達を頼みたい……という客もいるかもしれない。

　だが、そのお品書きに添えられた最後の文章を読んだ時、猪笹はぱちぱちと瞬《まばた》きを繰り返した。

　文章は短かった。


『今度お勧めの漫画貸してね』


　たったそれだけ。

　弁当にまったく関係がない文章、ほとんどただの私信だ。

　雪緒に漫画を貸したことはある。

　だが、何故今漫画なのだろう？

「漫画……？」

　猪笹は困惑したまま、何かヒントでもあるかと残る二枚の紙に手を伸ばした。

　それはどちらも、二つ折りにされたＡ４サイズの紙だ。

　一枚は、漫画のリストだった。

「あ！」

　と猪笹も大きな声が出た。

猪笹が一年半以上前、雪緒のために作った『貸したい漫画』のリストなのだ。二つ折りにされた以外に折り跡もない、綺麗な状態だ。

雪緒が取っておいたものだろう。

リストの一番上にだけ、横にチェックマークがついている。

そういえば、この一番上の本だけは貸したことがあった。

おそらく……お品書きにあった『漫画』とは、このリストの漫画のことだ。

この漫画リストは我ながら力作で、雪緒に楽しんでもらいたい、自分の好きなものを知ってもらいたい一心で、雪緒の好みを訊いて作った。

本当は、反応を見るのが少し怖かった。リストを作りながら、さすがにこれは引かれるのでは……？　とも思っていたから。

渡した時、雪緒は驚いていたが、喜んでくれた。

リストを見ていると、わくわくする。何を読もうか考えるのが楽しい。猪笹の好みがわかるし、文章が面白い――そうだ、確か、そんなふうに言ってくれた。

言われた時は嬉しかった。大好きなものを紹介して、不安もあった分、好意的な反応が返ってくると、嬉しいものだ。わかってもらえた、伝えてよかった、と思える。

雪緒は、猪笹の『好き』という思いを受け止めてくれた。

だから、リストをわざわざ皺《しわ》もなく取っておいてくれたし、ちゃんと覚えていて、こうしてお弁当にお品書きと一緒に添えてくれた。

雪緒は、今も、自分と繋《つな》がろうとしてくれているのだ。

「久万さん……」

雪緒の気持ちは嬉しかったが、こんな良い人に迷惑をかけてしまったという罪悪感も募る。自分のせいで……とまた考えていたら、目に滲《にじ》んできた涙がぽとりと落ちて、テーブルに置いていた紙を濡《ぬ》らしてしまった。

猪笹は慌てて紙を取り上げ、涙を払った。

それは、雪緒がお弁当に添えてくれた三枚目の紙だった。

涙を払った時に、他の紙と同様二つ折りにされていたそれを開いたので、中身が目に入った。

「…………え？」

予想していなかった中身に、思わず声が漏れる。

一見すると、カレンダーだ。

ただし、定休日五日分と不定休の一日を除いた日付に、一日一つ、弁当の名前が書き込まれ、写真が貼り付けられた上、短い紹介文も添えられている。写真は印刷物の切り抜きのようだから、たぶんその日のメニューから切り抜いたのだろう。

カレンダーの上の余白部分に、『師走《しわす》日替わり弁当』とタイトルらしきものがある。

師走、つまり今月の日替わり弁当の記録だ。

『ハムカツ弁当』『蓮根《れんこん》と叩《たた》き海老《えび》の天ぷら弁当』『りょうおもいかぼちゃのコロッケ弁

当』『鯖《さば》の塩焼き弁当』などなど……紹介文は『衣は粗めでハムが分厚い』『蓮根と海老の食感◎』『かぼちゃが濃くてほこほこ』『皮がパリパリで脂乗り良し』というわかりやすいものから、『山賊みたいに手摑みで』『サロマ湖に思いを馳《は》せて』などの興味は引かれるが想像力が必要そうなものまで様々だ。

雪緒の『好き』が伝わってくる。

わくわくする。想像するのが楽しい。雪緒の好みがわかるし、文章が面白い——雪緒が猪笹の漫画リストについて言ってくれた感想と、ほとんど同じ思いを、今猪笹も抱いていた。

心底好きだからこそ、そのことを伝えたいからこそ、こんなにも手間暇かけて、雪緒はこの一覧表を作った。

猪笹が好きな漫画を雪緒に伝えたくてリストを作ったのと、同じだ。

何度言葉でこの仕事が好きだと言われても信じられなかったが、今初めて、その言葉が理解できた。

雪緒は本当にこの仕事が好きなのだ。

ぽた、と涙が次々にテーブルに落ちた。弁当には落とすまいと、猪笹は涙を拭《ぬぐ》った。

何をするのも、怖かった。

自分の夢だとか、今の幸せだとかが、雪緒の犠牲の上に成り立っているのかと思うと、何もできなくなってしまった。

息をするのさえ苦しくて、抱えきれなくなってしまった。

でも、雪緒は教えてくれた。自分は仕事を楽しんでいて、誰かの犠牲になったりはしていないのだと、こんなにも力強く証明してくれた。

喜びと安堵《あんど》と感謝がこみ上げて、胸がいっぱいになる。

「ありがとう、久万さん……」

明日《あした》からの十二月最後の数日には、ただクエスチョンマークが書かれている。日替わり弁当はおそらく毎日の仕入れで決まるのだろう。明日、明後日《あさって》の日替わり弁当がどんなものかは、想像するしかない。

実際に、確かめるまでは。

このクエスチョンマークは、未来そのものだ。

注文して、お店に来て、実際に確かめてね、と言われているようで、そう感じた瞬間、涙が止まらなくなる。

一日、一日の空白を、雪緒は一つずつ、写真を貼り、名前を書いて、埋めた。

今度は猪笹の番だ。

しゃくり上げながら、それでも箸《はし》を手に取った。

涙はちっとも止まらなかったが、どうしても温かいうちに食べたかった。そうして、雪緒の思いを、全部受け止めたかった。

「い、いた、いただきます……」

さっきはそうしていなかった気がしたから、今度はきちんと手を合わせてそう言った。

白いご飯を山盛り口に入れる。

もちもちのご飯が美味《おい》しくて、嬉《うれ》しくて、温かくて、ぼろぼろ涙が零《こぼ》れた。

それから、たっぷりの肉を頬張って、また泣いた。

目の前に突きつけられた紙袋を、雪緒はできる限り素早く受け取った。そうしないと雉村は『遠慮なんて百年早いのですよ』と言って怒るのだ。

「これは……なんでしょうか」

紙袋は比較的軽い。乾き物だろうか、と思ったが、中身を覗《のぞ》くのも不躾《ぶしつけ》な気がしてやめておいた。

雉村は白髪をおかっぱにした、目つきの鋭い女性だ。普段は自宅まで配達することが多いが、散歩がてら来店してくれることもある。

一年も終わろうかという十二月三十一日、開店少し前にやってきた雉村は、玄関前に出ていた雪緒に声をかけ、紙袋を渡してきたのだ。

「鮭とばです。それに、コマイの一夜干し」

鮭とばは、秋鮭を皮ごと海水で洗うか塩漬けにして干したものだ。コマイはタラの仲間で、干したものを軽く炙《あぶ》ってマヨネーズか七味をつけて食べると美味しい。

「ありがとうございます……あっ、もしかして作ってくださったんですか？」

「ええ、まあ。忘年会するのでしょう？　皆さんで召し上がってくださいね」

「いただきます。雉村さんはいらっしゃらないんですか？」

「私？」

ふふん――と雉村は形の良い鼻で笑った。

「私、大晦日《おおみそか》は絶対に観たいテレビがありますから。ここ、どうせ黒川さんが格闘技観たがるでしょう？」

「なるほど……」

「二日は娘一家も来るんですよ。次はお正月休みが明けたら来ますね」

「お待ちしております」

良いお年を、と声をかけて雉村を見送る。

雪緒は吹き付ける風にぶるっと震えた。

今年最後の太陽はとっくの昔にビルの向こうに沈んでいた。辺りは暗くなり、人々は陽光の温《ぬく》もりもなしで氷点下の気温に耐えねばならない。

それでも、どこか楽しげな人々が目に付く気がするのは、大晦日という日にちのせいだろうか。

店に戻ろうとした時、玄関の前に猪笹が立っていることに気付いた。

いつからそこにいたのだろうか。寒さに頬も赤くしているが、にこにこと機嫌が良さそうに笑っている。

「こんばんは。常連さんですか？　なんかいいですねえ、差し入れもらうなんて」

猪笹はどうやら、今のやりとりを見ていたらしい。

「忘年会だから、みんなで食べてねって」

「忘年会？　お店のですか」

「そう。お客さんたちも来るんだよ。十八時からだったかな。その時間はまだお店開いてるから、お客さんたちだけで準備して始めるんだって」

「………………すごいですね」

「すごいよねえ」

雪緒は笑った。笑う雪緒を見て、猪笹は少し不思議そうな顔をした。

「久万さん、よく笑うようになりましたよね」

「えっ？」

「私が知っていた久万さんは、もっと事務的だったなあって」

「……そう？」

自分で自分の顔は見られないから、正直よくわからない。

「そうですよ。さっきのお客さんと話している時も、すごく良い顔してましたよ、久万さん」

「…………」

接客もするのだから、表情が柔らかいのならその方がいいだろうが、猪笹に改めて指摘されて、雪緒は照れてしまった。

「あ、ところで、戻ってきたのは忘れ物か何か？」

猪笹が菓子折を持ってくま弁に謝罪に来たのは、三時間ほど前だ。

店の仕事に響かないよう事前に連絡をくれたので、雪緒は千春たちとも相談し、昼の仕事の後、夜の仕事の前がいいと指定して、猪笹と一緒に、彼女がやってしまったことを謝った。

ちなみに千春もユウも、頻度が少なかったからか、無言電話についてはまったく気にしておらず、業務が妨害されたなどの認識もないようで、謝る猪笹に、今度は是非お弁当買っていってくださいねと声をかけていた。

その後猪笹は仕事の邪魔をしてはと短時間で辞去した。

猪笹は恥ずかしそうに答えた。

「いえ、その、店長さんたちにもああ言ってもらえたので、お言葉に甘えてお弁当を買いにきまして……」

「それはいいね！　ユウさんたちも喜ぶよ」

猪笹はリュックから何か取り出した。

「あと、久万さんに渡したくて、これ持ってきたんです」

それは、袋に入れられた三冊の漫画だった。

「リストの二つ目のやつですよ。銃撃戦とかシチュエーションが映画みたいで格好良い、西部劇を題材にした漫画です。しかも全三巻と読みやすい！」

「ありがとう、読んでみるよ」

弟が好きそうな漫画だな、知ってるかも……と思いながら、雪緒はありがたく借り受けた。

「今日の日替わり弁当、なんですか？」

「えっと、自家製ソーセージ入りの蕪《かぶ》ポトフ弁当と、大きめサイズの塩ザンギ弁当だよ」

「に……二種類あるんですか⁉」

そういえば、猪笹のために作ったカレンダーには一日あたり一つ分の弁当しか載せていなかった。スペースの関係上そうなったのだ。

「そういう日もあるよ。あ、待たせちゃうから、これあげるね」

雪緒はポケットから取り出した使い捨てカイロを猪笹に渡した。

「いいんですか？」

「もらいもので、いっぱいあるからお客さんにもあげてるんだ。今日寒いし、できるだけ早くお店開けるね」

「ありがとうございます！　あの……久万さん！」

突然、随分力強く名前を呼ばれて、雪緒はびっくりしてしまった。

「どうしたの？」

「お弁当、美味しかったです。ありがとうございました！」

猪笹は、まっすぐに雪緒を見つめて言った。

「久万さんが、この仕事向いてるかもって言ってたの、わかりました。この仕事でしかできないこと、久万さんだからできることがあるんだなあって。だから、久万さんはここで頑張ってるんですね！」

「……うん」

「それで……私も、春からのカナダ行き目指して、また頑張ります！」

少し照れ臭そうだったが、猪笹は力強くそう宣言した。

雪緒の胸に喜びがこみ上げた。ずっと心配していたのだ。

「それはよかった！　本当によかった、頑張ってね」

「……はい！」

また少し泣きそうになっていたが、猪笹は今度は笑って顔を上げた。

猪笹は家族の分も日替わり弁当を買い込んで、帰って行った。

夜は更け、雪緒の仕事も随分前に終業となった。

もうすぐ、年が変わる。

所詮《しょせん》人の作った区切りではあるものの、一年が過ぎたのかと思うと感慨深かった。

店の裏口から庭に出た雪緒は、空を見上げた。

星が少しちらついている。札幌の中心部とはいえ、この辺りでは星が見えるのだ。数えられるほどではあるが、星は星だ。

庭木とくま弁の建物に囲まれた夜空は、雪緒を包み込もうとしているようだった。

猪笹は、漫画を貸しにきてくれた。

きっと返す時にまた会える。

その理由を作ってくれたのだから、今度は雪緒から連絡しよう。感想を添えて。

「……うん」

雪緒は伸びをした。使っていなかった筋肉が伸びて、気持ちいい。

くま弁は居心地がよくて、ずっとここで働いていたくなる。

でも、ここで働き始めてもう一年になる。

自分も次の一歩を踏み出してみたいと思った。

この道の先に続く、新しい一歩を。

それがどんな形をしているのか、雪緒にはまだよくわからなかったが、それでも、その空白地帯を自分なりに埋めていこう。

白い雪の上に、道を作るように。

凍《い》てついた空気を、肺まで満たす。

「あっ、雪緒さーん、アイス食べますか？」

裏口のドアを開けて、黒川がそう尋ねてきた。その隣から千春も顔を覗《のぞ》かせた。

「チョコレートとハスカップとバニラと胡麻《ごま》ならどれが好きですか？」

「えっ、ま、待ってください。えっと……」

千春が思い出しながら繰り返した。

「チョコと、ハスカップと、カシスと、胡麻……」

黒川が、ちょっと呆《あき》れた顔で言った。

「千春さん、それ最初に言ったのと違いますよ。チョコと、ハスカップと、バニラと、紅茶ですよ」

それも違う気がする。

雪緒は混乱しつつ、裏口に戻った。

「えっと、チョコ……チョコレートのやつお願いします」

少なくともチョコレートはあるのだろうと考えてそう言った。

「中で食べよっ、さすがに外は寒いよ～！」

雪緒は千春にそう誘われて、ありがたく室内に戻った。

だが、休憩室に戻った雪緒が渡されたチョコレートアイスはガチガチに固く冷たく、まったくスプーンが立たなくて、同じくガチガチのハスカップアイスを抱えた千春と、顔を見合わせて笑った。

豊水すすきの駅徒歩五分。
弁当屋『くま弁』の上にも星が出ている。
配達のご用命は、また来年。

本書は書き下ろしです。
この作品はフィクションです。実在の人物、団体等とは一切関係ありません。

弁《べん》当《とう》屋《や》さんのおもてなし

しあわせ宅《たく》配《はい》篇《へん》2

喜《き》多《た》みどり

令和3年 4月25日　初版発行

発行者●堀内大示

発行●株式会社KADOKAWA
〒102-8177　東京都千代田区富士見2-13-3
電話　0570-002-301（ナビダイヤル）

角川文庫 22642

印刷所●株式会社暁印刷
製本所●本間製本株式会社

表紙画●和田三造

ISBN 978-4-04-111345-5　C0193

◇◇◇

角川文庫発刊に際して

角川源義

第二次世界大戦の敗北は、軍事力の敗北であった以上に、私たちの若い文化力の敗退であった。私たちの文化が戦争に対して如何に無力であり、単なるあだ花に過ぎなかったかを、私たちは身を以て体験し痛感した。西洋近代文化の摂取にとって、明治以後八十年の歳月は決して短かすぎたとは言えない。にもかかわらず、近代文化の伝統を確立し、自由な批判と柔軟な良識に富む文化層として自らを形成することに私たちは失敗して来た。そしてこれは、各層への文化の普及滲透を任務とする出版人の責任でもあった。

一九四五年以来、私たちは再び振出しに戻り、第一歩から踏み出すことを余儀なくされた。これは大きな不幸ではあるが、反面、これまでの混沌・未熟・歪曲の中にあった我が国の文化に秩序と確たる基礎を齎らすためには絶好の機会でもある。角川書店は、このような祖国の文化的危機にあたり、微力をも顧みず再建の礎石たるべき抱負と決意とをもって出発したが、ここに創立以来の念願を果すべく角川文庫を発刊する。これまで刊行されたあらゆる全集叢書文庫類の長所と短所とを検討し、古今東西の不朽の典籍を、良心的編集のもとに、廉価に、そして書架にふさわしい美本として、多くのひとびとに提供しようとする。しかし私たちは徒らに百科全書的な知識のジレッタントを作ることを目的とせず、あくまで祖国の文化に秩序と再建への道を示し、この文庫を角川書店の栄ある事業として、今後永久に継続発展せしめ、学芸と教養との殿堂として大成せんことを期したい。多くの読書子の愛情ある忠言と支持とによって、この希望と抱負とを完遂せしめられんことを願う。

一九四九年五月三日